诗詠劳模

SHIYONG
LAOMO

蔡建和 主编

湘潭大学出版社
XIANGTAN UNIVERSITY PRESS

《诗咏劳模》编委会

歌咏劳模精神是当代诗人词家的重要责任

蔡建和

劳动是一切幸福的源泉，是推进人类社会发展进步的根本力量。党的十八大以来，习近平总书记多次礼赞劳动创造，讴歌劳模精神、劳动精神、工匠精神。2020年11月24日，在全国劳动模范和先进工作者表彰大会上的重要讲话中，习近平总书记精辟阐释了这三种精神的科学内涵，分别是“爱岗敬业、争创一流、艰苦奋斗、勇于创新、淡泊名利、甘于奉献的劳模精神”“崇尚劳动、热爱劳动、辛勤劳动、诚实劳动的劳动精神”“执着专注、精益求精、一丝不苟、追求卓越的工匠精神”，并强调它们“是以爱国主义为核心的民族精神和以改革创新为核心的时代精神的生动体现，是鼓舞全党全国各族人民风雨无阻、勇敢前进的强大精神动力”。

为深入学习贯彻习近平总书记关于弘扬劳模精神、劳动精神、工匠精神，“坚持以人民为中心的创作导向”重要论述，引导全社会以劳动模范和大国工匠为榜样，做品德高尚、追求卓越的人，积极投身中华民族伟大复兴的宏伟事业，我们湖南省诗词协会和湖南省职工文化体育协会联合举办了以“弘扬工匠精神、讴歌劳动之美”为主题的诗词创作活动，得到广大诗人词家和各级工会组织、企业的大力支持。短短几个月时间，我们收到了两千多首诗词作品，其中不乏精品力作，省内外媒体也对活动和作品进行了宣传报道。这种对劳模形象的集中展示和对劳模精神的深度挖掘，收到了很好的社会效果。通过这次创作活动，我们深切地体会到：

弘扬中华诗词文化要与讴歌时代精神、服务大局紧密结合。中国是诗的国度，诗词发展历史悠久，源远流长，从诗经、楚辞、汉乐府，到唐诗、宋词、元曲，已有近三千年的历史。三千年来，中华诗词以其丰富的内涵，清丽的神韵，优美的语言和铿锵的音调，影响着一代又一代人。纵观那些优秀的诗词作品，无不贴近时代，如唐朝的边塞诗等。即使是一些田园诗、离愁诗、政论诗，也大多与当时的政治经济社会紧密联系。所以，脱离时代就难有好诗词。“劳模精神是伟大的时代精神”，是中国共产党人精神谱系的重要组成部分。劳模是先进生产力的重要代表，是时代先锋和楷模。“文章合为时而著，歌诗合为事而作。”作为深受人民群众喜爱的中华诗词，歌咏劳模既是责任，又为赋予传统文学形式时代性提供了源头“活水”。

歌咏劳模精神，展现劳模风采，能够推动传统诗词创新性发展。中华诗词产生发展于古代。而古代经济社会生活相对简单，长期滞留于“日出而作、日落而息”男耕女织的农耕时代。作为时代的反映，山水田园一直是中华诗词描写的重要内容。因此，古代诗人描写田园往往得心应手，题材广泛、意象灵动、佳作纷呈，且优秀诗人层出不穷。近现代以来，诗人们也秉承了这一文化传统，虽有不少作品开始描写城市、工业、服务业，但作者寥寥，佳作更少。描写企业生活、描写工人劳动的作品就成了传统诗词的短板弱项。当代中国早已进入工业化信息化社会，中华诗词要保持生机活力，就必须不断拓宽题材内容，创新表达形式。“文律运周，日新其业。”我们组织诗人走进企业、工厂，走近工匠、劳模，系统性地为劳模而歌、为工匠而歌，在题材和内容上都是一种新的拓展，是推进传统诗词创新性发展的积极尝试。

开展劳模精神采风吟咏，对我们每位诗人词家的心灵亦是一次深刻的洗礼，我们从每位劳模的身上学到了宝贵的精神品质。一位劳模就是一面旗帜，就是一个榜样。他们爱岗敬业、执着专注、勇于创新、精益求精、追求卓越、淡泊名利、甘于奉献。讲好他们的故事，塑造好他们的形象，追寻他们的精神，这本身就是让我们诗人受感动、受教育、受启迪的过程。文学就是人学，没有高尚的情操，哪有高尚的文学作品。不少诗人词家朋友讲，亲历这次采风吟诵活动，让我们更多地看到了社会的真善美，懂得了什么是崇高伟大，明白了人应该怎样活着才更有价值、更有意义。这些思想上的收获，必然转化为诗词创作的不竭动力，促进诗词境界的大幅提升。

三湘自古竞风流，而今更上一层楼。改革开放的潇湘大地，“四化”浪涌，万马奔腾，先进模范人物层出不穷、各领风骚，永远写不完、歌不尽，需要一代一代湖湘诗人词家的不懈努力、奋笔疾书。

我们主编的这本《诗咏劳模》，共收录诗家词人吟诵149位湖湘劳模的诗词作品460多首，这也仅仅是沧海一粟、微不足道，还有许多优秀作品没有收录进来，更有许多劳模和先进优秀人物来不及进入诗人词家的笔端。

好在我们的吟咏活动还会继续，好在我们诗人词家的思想行动自觉已经形成，我相信通过这本书的抛砖引玉，今后还会有更多的诗人词家投入歌颂劳模、歌颂劳动的写作之中，使尊重劳动、尊重创造、崇尚劳模、崇尚英雄、争当先进在三湘大地蔚然成风。

是为序。

目　录

袁隆平：世界杂交水稻之父

袁隆平(1930—2021)，生于北京，江西德安人，中国杂交水稻育种专家，被誉为“世界杂交水稻之父”。第六届至第十二届全国政协常委，湖南省政协原副主席。曾任国家杂交水稻工程技术研究中心、湖南杂交水稻研究中心主任。致力于杂交水稻技术的研究、应用与推广，发明“三系法”籼型杂交水稻，成功研究出“两系法”杂交水稻，创建了超级杂交稻技术体系。1995年当选中国工程院院士，1999年中国科学院北京天文台施密特CCD小行星项目组发现的一颗小行星被命名为“袁隆平星”，2006年当选美国国家科学院外籍院士，2018年，获得“改革先锋”称号，2019年被授予“共和国勋章”，获得国家科学技术进步奖特等奖，连续两次获得“全国劳动模范”称号，一次获得“全国先进工作者”称号。

忆共和国勋章获得者袁隆平院士

蔡建和

一

雨往风来垄上忙，专心只作稻文章。
倾情装满苍生碗，胜过鸿篇万丈长。

二

一身泥土稻花香，只为端牢中国粮。
田作稿笺苗当字，论文写在万家仓。

三

西归九秩本寻常，噩耗传来举国殇。
万巷千村倾泪雨，都当稻父作爹娘。

追怀袁隆平院士

谭立君

云外惊雷起，断魂梅雨天。
神农乘鹤去，国士伴山眠。
汗洒禾肥日，心忧水满川。
稻粱俱叩首，相约再生缘。

赞杂交水稻之父全国劳模袁隆平

王伊亮

平生梦想几人知，禾下乘凉悯世饥。
一穗杂交积仓满，青山长忆舞镰时。

悼袁隆平先生

吴晓晖

一生心力只为农，君子谦谦国士风。
尘世犹闻有饥馑，天堂何急召袁公？

神农吟

童中贤

天意作合，辗转湖湘。
神农故里，袁公担当。
万古沅水，不竭安江。
雪峰耸峙，禾下乘凉。
田头奔走，潜心问秧。
金穗起舞，粮满屯仓。
国士不孤，行星闪亮。

张兵驹：全国种粮大户

张兵驹，出身于临湘市聂市镇的一个农民家庭，临湘市召丰水稻种植专业合作社理事长。先后获得“全国种粮大户”“全国百名杰出新型职业农民”“湖南省十佳农民”“全国农机使用一线‘土专家’”“全国粮食生产先进个人”等光荣称号。当选湖南省第十四届人民代表大会代表。2020年，被评为“湖南省劳动模范”。

赞机械化种粮大户张兵驹

王伊亮

人称田保姆，粮种百千丘。
耕穑高科技，运输新物流。
能祛劳顿苦，更解困贫忧。
夷坦小康路，标兵正领头。

【正宫·汉东山】赞劳模张兵驹

张军荣

粮丰社稷昌，遍野稻花香。兵驹广种粮，洒汗也么哥，烈日炎炎抢收忙。谷粒黄，喜进仓，助安邦。

赞种粮大户张兵驹

周水江

新型职业付艰辛，甘作田家保姆神。
足下无私勤日夜，心中有术助乡亲。
轻机重械昂头鹤，大智宽怀领路人。
凭借东风添活力，“粮仓”盛誉九州春。

龙四清：侗家致富带头人

龙四清，1964年8月生，芷江侗族自治县禾梨坳乡古冲村党总支书记，湖南省妇联兼职副主席。在她的带领下，村级集体经济年收入达到12万元，村民人均年收入增加到2万元，偏远贫困山村古冲村一跃成为全国乡村治理示范村、全国生态文明村。当选中国共产党第十七次、第十八次全国代表大会代表，湖南省第十三届人民代表大会代表。曾获“全国三八红旗手”“全国劳动模范”“全国优秀党务工作者”“全国少数民族最美村官”“全国模范调解员”“全国城乡建功标兵”“全国妇女城乡岗位建功标兵”等荣誉称号。

记好支书龙四清

蔡建和

早出晨光赤，归途月一轮。
引才兴产业，入户济孤贫。
历尽风霜苦，换来村貌新。
亏心家里事，暖了众乡亲。

西江月·咏全国劳模龙四清

梁任贵

昔日穷乡僻地，如今四海扬名。青山献宝水流金，处处生春织锦。

一样山川黎庶，只因选对头人。擎旗引领践初心，实干兴村脱困。

赞全国劳模龙四清支书

李盛勇

七彩凤凰临古冲，侗家天地变更中。
橘园致富山坡绿，公路便民人气红。
泥水茅窝成旧史，寿筵树葬立新风。
乡村发展需头雁，不是男儿亦俊雄。

左孝荣：田野里的创新工作室

左孝荣，1958年8月生，湖南永顺人，湖南省永顺县科技局科技情报所高级农艺师。以“传播科技知识，致富千家万户”为己任，把科技知识传播到溪州大地的村村寨寨，编写了《农村百科知识》，编撰了《农业气象知识100问》《农村实用科技知识300问》等农村实用科技知识问答系列手册43000余册，深受广大农民朋友喜爱。获评“全国劳动模范”“全国先进工作者”，并荣获“全国五一劳动奖章”。

赞农艺师左孝荣

杨　华

科技创奇葩，玄机苦探查。
翻开书帙页，抠动水田砂。
敬业精神在，成功密钥拿。
新仓丰稔足，笑语满农家。

鹧鸪天·赞全国五一劳动奖章获得者左孝荣

聂其友

忠孝双全难上难，为儿抱愧断肠肝，弥留之际娘亲话，浮想联翩寐不安。

娘身病，崽心悬，公家利益大如天。田园追逐农科梦，默默无闻年复年。

咏高级农艺师左孝荣

罗廷孝

为谁辛苦为谁忙？稼穑增收觅妙方。
艺海沉浮经岁月，农科荏苒斗风霜。
情牵稷黍田园秀，汗洒春秋稻穗香。
惟愿人间皆饱暖，雪添双鬓又何妨。

清平乐·记科技情报研究所所长左孝荣

罗廷孝

灰头垢面，酷暑田边转。培育良株求高产，强国富民心愿。

编书传技奔忙，退休圆梦为粮。白发频添无悔，赢得硕果流芳。

唐自田：大山深处一棵“树”

唐自田，1963年5月生，会同县广坪镇广坪村人，中共党员，初中学历，会同县林科所白土冲科研基地护林员。40余年来，先后参与完成了基地3700亩杉木子代鉴定科研林、5500余亩杉木速生丰产林的营造和护林育林、810亩杉木三代种子园等建设，《杉木优良无性系推广应用》等多项科研成果获部、省科技进步奖。2005年被评为“湖南省劳动模范”，2015年被评为“全国劳动模范”。

山林守护神唐自田

聂慧娥

极目远峰绵，云霞隐雾烟。
巡山穿雨疾，植树陡坡悬。
万亩林涛涌，千秋功德传。
青春无悔叹，明月照山川。

咏林场护林员唐自田

周小青

根扎湘黔界，深山守护神。
结缘林作伴，愧却枕边人。

林场护林员唐自田

陈方安

朝霞漫大荒，阔步走苍茫。
脚踩山山绿，情牵道道梁。
汗流浇硕果，科技铸华章。
笑对多年苦，胸怀红太阳。

【南仙吕·鹧鸪天】赞全国劳模护林员唐自田

李应元

绿水青山是我家，鹤峰松杏月山茶。金杉树岭银杉海，柏子围河柳影霞。（前腔换头）冰压竹，玉琴拿，雪融竹叶发新芽。轻弹竹节琴弦韵，漫卷春风拂我纱。

杜方波：深山“养猪能手”

杜方波，1965年5月生，土家族，湖南慈利人，中共党员，慈利县国太桥养猪专业合作社总经理。1997年返乡创业从事个体养殖业，先后投资300多万元建起了3000多平方米的规范养殖场，年出栏近2000头，年产值达400多万元。2010年，组织本地148个养猪农户发展成立慈利县国太桥养猪专业合作社，开辟了“基地+合作社+养殖场+养殖户”的模式。在推进脱贫攻坚过程中，带动建档立卡贫困户345户1192人（其中残疾人63人）发展养猪产业，人均增收1600元以上。2015年被评为“湖南省劳动模范”，2020年被评为“全国劳动模范”。

赞坚守深山“养猪能手”杜方波

谢卫民

养猪一事皆知苦，创业千方莫若勤。
带领乡亲同致富，大山深处暖如春。

【双调·折桂令】养猪劳模杜方波

文　雯

杜君志立高峰，创业家乡，养殖兴农。技术难题，虚心求教，终获成功。做公益总倾心以奉，扩规模唯绿色为宗。不忘初衷，品种兼融，屡创新丰。

养猪能手杜方波

文　雯

不恋繁华恋故乡，倾心创建养猪场。
身先相引脱贫路，拼得双赢是杜郎。

万步炎：深海“养牛人”

万步炎，1964年1月生，湖南华容人，中国“海牛”项目组首席科学家、中国第一台深海钻机发明人，现为湖南科技大学二级教授、博士生导师。曾主持完成国家“863计划”、国家重点研发计划、国家长远发展项目及省部级科研项目40余项，入选“国家百千万人才工程”“湖南省121创新人才培养工程”，获“全国杰出专业技术人才”“有突出贡献中青年专家”等称号。2023年，被授予“时代楷模”称号。当选第十四届全国人民代表大会代表。享受国务院政府特殊津贴。

赞时代楷模万步炎

聂梦麟

华容人物总鲜妍，又向汪洋捉鳖先。
敢在潮头超旧步，能于麾下育新贤。
等身荣誉如花绽，赛铁初心似火燃。
谁说农家唯种稻，也栽大木拄长天。

赞深海钻机发明人万步炎

贺一雷

赤子怀忧天下楼，卅年铸剑劲风遒。
精忠不羡西夷月，甘作黄牛驭海牛。

赞海牛号深海钻探领衔专家万步炎

王伊亮

欲下千寻海尽头，龙王难辖此渊流。
鲛人万载飞绡泪，精卫空余斫木愁。
终有奇兵洞庭子，更驱潜舰钻探牛。
岩芯直取惊环宇，欧美横行一梦休。

【注】①洞庭子。万步炎教授出生于洞庭湖畔的华容县，人称洞庭子。②神牛、岩芯两句：海牛号深海钻探机深潜3000多米取得海床岩芯，使我成为掌握此项技术的4个国家之一，一举打破了欧美在此领域的垄断。

赞海牛号领衔专家万步炎

赵训球

教学科研愿作梯，探岩钻井破新题。
湖湘子弟多人杰，驾驭金牛碧海犁。

卢　俊：军工魂的坚守者

卢俊，1981年生，湖南武冈人，湖南云箭集团有限公司制导武器装备研究院副院长、研发中心副主任，高级工程师。作为云箭集团科研团队的中坚力量，主导或参与了十多个项目，其参与研制的某项目曾荣获中国兵器装备集团公司重大科技创新成果奖和国家国防科学技术进步奖二等奖。2016年5月荣获“全国青年岗位能手”称号，2019年9月荣获“中央企业劳动模范”称号，2020年荣获“全国劳动模范”称号。

云箭标兵卢俊

谢卫民

云箭精神可镂金，航空制导发强音。
一腔血付强军梦，固筑长城万众钦。

赞兵器制导专家卢俊

易庆安

驭云君有术，鸣镝贯长空。
屑问功名事，惟期国祚隆。

罗　军：兵器大工匠

罗军，1969年6月生，湖南湘潭人，中共党员，大学专科学历，现任江麓机电集团有限公司数控车工，中国兵器首席技师，高级技师，研究员级高级工程师。坚守生产一线30多年，在国防高端武器装备的科研试制、创新增效、技术推广等方面做出了突出业绩，突破了异形零件加工、工装夹具、复杂刀具修磨等技术瓶颈，热爱发明创造，授权专利技术20多项，创新了400余项技术成果。先后获得“兵器工业集团技术能手”“中央企业先进职工”“湖南省技能大师”“湖南省职工高技能人才培养名师奖”“湖南省劳动模范”“全国五一劳动奖章”“全国技术能手”“兵器大工匠”“全国劳动模范”等荣誉。2021年“获湖湘工匠年度人物提名奖”。享受国务院政府特殊津贴。

访罗军工作室有题

周　立

机床数控一刀通，刨铣车钳各不同。
手段高低何了得？疑难未解问罗工。

车工能手罗军

陈湘衡

一把刀中观世界，削成筋骨最从容。
是时风起兵车现，直破敌军三万重。

全国劳模兵器工匠罗军

胡　晖

国中存利器，遥可慑天狼。
百载昨遗恨，九州今已昌。
凭谁砺金石，铸剑吐锋芒。
海晏河清日，思危焉肯忘。

江麓机电兵器大工匠罗军

吴晓晖

不懈创新意无穷。年年江麓立新功。
发明虽小功能大，别具匠心才不同。

国家级技能大师罗军

袁爱华

和平谁道少英雄，多少英雄默默中。
兵器劳模大工匠，当年一线小车工。

鹧鸪天·中国兵器大工匠罗军

李文勇

不负年华不负春，创新团队带头人。焊枪斗暑弧光炫，铁甲擒鲨沧海巡。

好提问，乐刨根，千般磨砺铸精神。关情最是传薪火，携手齐追五彩云。

谭祖安：兵器装备技能大师

谭祖安，1969年10月生，湖南常宁人，中共党员。华南光电仪器（集团）有限责任公司产品研发部科试班班长，谭祖安技能大师工作室和劳模创新工作室领衔人。在近33年的装调工作中，先后承担了近5项国家级、10项省部级、30项公司级武器装备和军用光学仪器科研装配生产的装调任务，先后绘制了工装夹具近70种，并编制了5种武器装备产品的装调工艺流程，解决了近30个装调关键技术难题。获得1项发明专利和2项实用新型专利。其总结的“四找正调校法”“双组合承座翻转操作法”“七要点调校法”“六要点装配法”在产品装调中得到推广和应用。2019年入选首批中央企业“百名杰出工匠”培养计划。荣获“全国劳动模范”“全国技术能手”“中国兵器装备集团有限公司技能大师”等称号，当选第十三届全国人民代表大会代表。享受国务院政府特殊津贴。

临江仙·赞中国兵器集团技能大师谭祖安

钟兴珉

为了金瓯永固，呕心沥血神州。强军逐梦竞风流。技能多探秘，兵器主沉浮。

立马犁涛光电，横刀拨雾飞舟。强军之路立潮头。中华欣崛起，霹雳震寰球。

致杰出工匠谭祖安

李俊德

甘于奉献著华章，装备科研做脊梁。
攻克难关酬壮志，破除险阻有担当。
军工重器威风显，敬业求精智慧扬。
三十春秋风雨路，平凡岗位铸辉煌。

鹧鸪天·赞杰出工匠谭祖安

张雪英

“光电枪瞄”重任担，军工制造敢为先。报国不忘强军梦，武备时思固主权。

求奉献，肯钻研。迎难而上苦攻坚。中华神器频登场，威震全球敌胆寒。

文　力：数控机床上的舞蹈家

文力，1978年生，湖南桃江人。湖南兵器资江机器有限公司第六分公司数控班班长。2008年和2009年连续两年参加了湖南省总工会组织的数控技术比武，荣获“优胜技术能手”称号。他主持完成各种大小技术改造项目，多次获得“技术创新”“合理化建议”等奖项。2015年被评为“全国劳动模范”。

赞数控班长文力

李笑春

专攻数控享蜚声，技艺非凡举世惊。
疑惑勤从书里悟，窍门常到手中明。
创新方显风流尽，破旧当须胆识横。
只道风光人仰止，谁知荣耀汗浇成。

全国劳模文力

郑　人

且凭数控小专才，驰骋人生大舞台。
百折成功通妙法，几回较艺夺高魁。
立身自觉光阴迫，报国相从事业来。
最是创新工作室，名师广育不群材。

沁园春·赞全国劳模文力

曹涤环

荣誉加身，名贯三湘，业绩频传。看操刀削铁，车床听遣；聚神练技，大爱无言。励志情怀，盈腔热血，七尺男儿敢领先。青春丽，积多年数据，昼夜修研。

高超重器精尖，兴国业、安邦意志坚。喜锤矛挥动，妖魔力斩；机头披彩，名利抛边。沧海征帆，一生奋斗，团队金牌炫满天。劳模赞，创军工胜迹，再上峰巅。

刘光华：军工工匠

刘光华，1970年2月生，湖南永州人，大专学历，中共党员，高级技师。湖南省国防科工局劳模创新刘光华工作室负责人。通过多年的不断摸索、钻研、实践、总结，从一名普普通通的技术工人，逐步成长为公司的技术骨干。2004年荣获“湖南省杰出青年岗位能手”称号；2019参加湖南兵器与民爆行业职工职业竞赛获得车工组第一名；荣获“湖南兵器与民爆行业技术能手”和第五届“湖南省技能大师”称号；2020年10月荣获“湖南省劳动模范”称号。被评为“2023年湖南省国资委系统优秀共产党员”“湖湘军工工匠”“中国国防邮电工会劳模和工匠人才”。享受国务院政府特殊津贴。

赞兵工战士刘光华

张教国

兵工战士展才华，一代劳模效国家。

勇弄潮头勤研制，图新熠灿品无瑕。

【正宫·小梁州】技能大师刘光华

陈仕兵

岗位平凡技艺强，有志儿郎。军工能手大梁扛，明航向，热汗润机床。（幺篇）勤钻苦练功夫涨，上高台屡创辉煌。血性钢，豪情壮，国之工匠，艺海把帆扬。

刘建伟：兵器钳磨大师

刘建伟，1976年生，湖南涟源人，湖南兵器长城机械有限公司钳磨班班长。技术精湛，解决了某弹带刀制作问题，被省技术协会命名为刘建伟刀具加工法。设计制造了半自动引信装配专机，螺纹检测专机，底螺装配专机等设备和专业工具、夹具、刀具共60多套，先后获得公司技术革新奖34项，其中特等奖2项，一等奖4项。获得“湖南省技术能手”“湖南省五一劳动奖章”“湖南省五一先锋”荣誉。享受国务院政府特殊津贴。

卜算子·钳工状元刘建伟

王寿山

锉刀稳又灵，手法精还细。部件圆成胜神工，件件堪称最。

灯火伴晨昏，汗水浇衣袂。修学研磨向尖新，报国衷情炽。

致刘建伟

吴新开

锯切镗磨久，丝毫锻铣精。
研来神妙技，巨匠铸奇兵。

【黄钟·昼夜乐】赞兵器钳工工匠刘建伟

郭军民

何处名为建伟刀。高标。高标看，定准分毫。卡尺度，精凭细削。推先技艺多能效。这钳工，几悟辛劳。往昔瞧，干也吾曹。学也吾曹，研也吾曹。每度计，依时道。（幺）一招一招主创高。高高。叨叨，叨叨地，赞不滔滔。创底螺，军工见巧。还多说来精此道。弹头上，没少推敲。满是精凿，满是精雕。日月转，神工造。

【正宫·塞鸿秋】赞兵器钳工刘建伟

胡　三

台灯一盏心头照，无眠千练车间泡。天公不负功夫到，名嵌刀法开怀笑。廿年自受磨，决战毫厘乐，明星一颗潇湘耀。

玉楼春·致大国工匠刘建伟

梁致文

人生无悔亦无怨，不负韶华甘奉献。不分昼夜不知年，铁杵成针曾不倦。

精微不许毫厘失，赛事每来摘冠冕。欲知多少苦功夫，问取掌中新老茧。

袁健松：航轴加工中心大班长

袁健松，1971年生，中国航发南方工业有限公司规划发展部管理推进室一级业务主任。1988年毕业于株洲南方航空高级技工学校，并进入单位工作，曾担任过13条不同生产线的班长。先后获得“航空报国三等功勋章”“全国劳动模范”等荣誉。当选中国共产党第十九次全国代表大会代表。

赞航发全国劳模袁健松

熊志民

刨铣车磨各在行，潜修精益出奇方。
攻关机匣除瓶颈，代表基层入殿堂。
有志航空天地阔，无私授艺美名扬。
匠心独具添光彩，奉献神州挺脊梁。

赞全国劳模袁健松

龚腾芳

技艺超人样样全，节流增效谱新篇。
精严践远倾心历，事业登高稳步先。
品格忠诚犹赏鉴，才华信义更留传。
勤耕有获嘉功灿，立志航空永向前。

宾和明：航机钳工能手

宾和明，中国航发南方工业有限公司钣金焊接中心钳工，高级技师。发挥技能专长，突破众多关键大件加工难关，完成上万件航机零件优质交付，攻克某机高精火焰筒内体校正、铆接效率低的难关，加工效率提高2倍。积极参加各级各类比赛，取得优异成绩。先后获得“湖南省五一劳动奖章”“湖南省青年岗位能手”“全国技术能手”“全国青年岗位能手”“中国航发青年岗位能手”等荣誉。

西江月·赞劳动模范宾和明

邱杰雄

干活心灵手巧，攻坚水到渠成。青春追梦步不停。比武频频问鼎。

老李铁人双钻，和明巧匠多能。劳模链续火薪赓。更助南方昌盛。

【注】“老李”系指全国劳动模范、铁人式工人李临庄。

赞全国技术能手宾和明

余彦华

不畏艰难业有成，车钳焊铆技尤精。
能工巧匠无宗种，出自农家摘斗星。

石建成：航发动研总师

石建成，1963年生，中国航发湖南动力机城研究所一级专职总师，自然科学研究员。为航空发动机事业默默耕耘，2004年，获评“国防科技工业有突出贡献中青年专家”，首批湖南省科技领军人才。获省部级科技进步奖7项、个人立功2次、专利授权5项。被授予“湖南省劳动模范”“中国航发总公司劳动模范”称号。享受国务院政府特殊津贴。

西江月·赞航发劳动模范石建成

邱杰雄

烽火隐忧于世，国家使命担肩。航空动力首科研。情系初心不断。

叶片串联首创，驼形流道居先。新机梯次上蓝天。直至梦圆遂愿。

采桑子·赞劳模石建成

彭光辉

云霄追梦心头住，不负初衷。严谨专攻。试验航机汗马功。

总师项目双肩重，聚力情同。胜事无穷。砥砺前行气自雄。

鹧鸪天·赞劳动模范石建成

徐　钒

航发钻研任骋驰，多才博学堪称奇。领军奋战获专利，刻苦钻研树风仪。

攻型号，上新机。自研神器解难题。仕途利禄难心动，报国坚贞志不移。

陈 彬：从小学徒到大行家

陈彬，1968年11月生，中国航发南方公司钳工，高级技师，从事多个重点型号航空发动机的精密加工工作。先后获得“中央企业青年岗位能手”“湖南省青年岗位能手”“湖南省技术能手”“湖南省五一劳动奖章”等多项荣誉。2022年获“全国五一劳动奖章”。

全国五一劳动奖章获得者陈彬

周良文

有志犹思奋，勤钻技术精。
钳台挥汗雨，茧手捧殊荣。

赞航发劳动模范陈彬

龙文斌

从师练就大行家，犹似风荷灿烂花。
勇夺明珠施巧手，航空领域映朝霞。

赞陈彬

吴迪扬

虔诚敬业气轩昂，立志航空护国疆。
解惑求真频告捷，攻关夺隘屡谋方。
车钳遂意精研盛，焊铆如神技艺强。
鹊报优评居榜首，雄鹰展翅美名扬。

李湘宁：中航首席技能专家

李湘宁，1965年10月生，中国航发南方公司装配中心转子平衡线线长，高级技师。带领团队，在国内首创“影响系数法”与“振型法”相结合的方法，攻破了挠性转子高速平衡的难题，解决了我国自主设计定型的四代机关键技术，填补了国内航空发动机挠性转子高速平衡技术的空白。先后获评“全国优秀质量信得过班组先进个人”“中航二集团技能带头人”“中航工业集团公司首席技能专家”。2016年获“全国五一劳动奖章”。

赞中航工业首席技能专家李湘宁

谭保德

航空报国种心田，三十七年魂梦牵。
致力钻研旋转稳，寻求解决引擎颠。
细观仪器思良策，诊断疑难找起源。
高速平衡填空白，战鹰呼啸卫蓝天。

赞航发装配中心转子平衡线线长李湘宁

邓平凡

效力航空技术专，平衡组配立佳篇。
攻关利器多型探，突破难关百战艰。
领队肩承图奋进，登临首席勇争先
倾心研发名声广，引导尖端步履坚。

咏劳模李湘宁

熊志民

身材削瘦技能精，逐梦南方久负名。
驯服高端洋设备，攻关转子动平衡。
立功获奖年年有，授艺教徒个个行。
桨轴机型瓶颈克，蓝天喜听战鹰鸣。

王　红：航发技术专家

王红，1969年11月生，女，中共党员，本科学历，1990年参加工作，中国南方航空工业（集团）有限公司工程技术部一级专家，连续两次被评为“中国南方航空工业（集团）有限公司劳动模范”。“全国五一劳动奖章”获得者。当选中国妇女第十次全国代表大会代表。

赞中国航发技术专家王红

龚腾芳

冶金分析建奇功，巾帼专家一品红。
廿载探寻无止境，青春不悔献航空。

赞全国五一劳动奖章获得者王红

谭保德

航发如同冠上珠，战鹰全靠引擎驱。
几多豪杰一生梦，要数王红千里驹。
研究冶金常忘食，拓开关隘展通途。
身怀绝技人人赞，报国娥眉不让须。

【正宫·鹦鹉曲】赞中航南方航空工业公司高级工程师王红

谭玉寒

巾帼不让须眉步，辛勤流汗如雨。克难关技术攻坚，哪怕万千辛苦。（幺）战严寒酷暑春秋，顾系国企荣誉。解难题日夜连轴，鬓染雪初心永驻。

何飞迎：钳工大师

何飞迎，1971年1月生，参加工作20多年来，攻克航空发动机关键加工技术、质量难关近百项。累计开展技能讲座400多场次，培训学员上千人次。作为技术指导，带领团队连续10年在各级各类技能竞赛中取得了13项冠军的优异成绩。编写了《钳工》《通用量具使用技巧》《钳工打磨操作指导书》《钳工校正》等操作指导书。获“全国五一劳动奖章”“全国技术能手”等荣誉。

赞劳模何飞迎

刘成奇

立志攻关护国疆，扎根一线在南方。
追求卓越金针度，检测精微玉尺量。
火焰筒边甘寂寞，流水线上铸辉煌。
编排课本传帮带，理想腾飞意气扬。

浪淘沙令·礼赞何飞迎

彭光辉

年少取真经。不懈求精。车磨铣焊苦寒耕。径涉九州追梦想，碧映春星。

巧手育新兵。桃李丰荣。航机牵动最关情。展翅苍穹千万里，再走征程。

鹧鸪天·赞航发钳工何飞迎

李效愚

焊铣车钳技艺精，凤凰山下凤凰鸣。攻关百项声威壮，试制新机大事成。

亲示范，细叮咛。车间一线育豪英。领兵国赛频登顶，十五金牌耀眼明。

易国强：弧光里的“技术控”

易国强，1973年7月生，湖南湘潭人，中共党员，湘电集团首席技能大师，高级技师、高级工程师、国家级技能大师工作室领衔人。从事焊接30年，爱岗敬业、无私奉献，凭借着精湛的焊接技术，先后攻克了百余项焊接技术难题，在国家重大海洋装备、特种产品等一系列大型高精尖产品制造方面做出了重大贡献。先后荣获“湖南省劳动模范”“湖南省技能大师”“湖南省职工职业道德建设标兵个人”“全国技术能手”“全国机械工业‘百优工匠’”。2015年获得“全国劳动模范”称号。享受国务院政府特殊津贴。

全国机械工业百优工匠易国强

李文勇

钢铁裁缝枪作针，异材焊接技难寻。
领衔绽放花千朵，满眼春风万里心。

海洋装备（航母）异质材料焊接专家易国强

胡　晖

鲲鹏何处有，击水北冥中。
阔翼丰还满，锦鳞青杂红。
潜来翻巨浪，奋起御长风。
金甲堪裁剪，凭君在此缝。

咏国家级技能大师易国强

吴晓晖

电光火矢溅机床，小小车间如战场。
若少移山填海志，何来重器镇重洋？

焊接专家易国强工作剪影

袁爱华

家庭事业两难全，忘却饥寒忘却眠。
电焊火花方绽放，映红工地晚霞天。

焊工劳模易国强

陈湘衡

朵朵琼花未肯凋，开天合地势何骄。
焊枪手上毫厘鉴，只为国强基筑牢。

艾爱国：焊界“焊神”

艾爱国，1950年3月生，1985年6月入党，湖南攸县人。湖南华菱湘潭钢铁有限公司焊接顾问，湖南省焊接协会监事长。曾多次参与中国重大项目焊接技术攻关，攻克数百个焊接技术难关，因而获得“焊神”“焊王”“焊界一杰”等美称。当选中国共产党第十五次全国代表大会代表，第七届全国人民代表大会代表。荣获“全国劳动模范”“全国十大杰出工人”等称号。2021年11月荣获第八届全国道德模范“敬业奉献模范”。

焊工侠艾爱国

谢久吉

书写人生一焊枪，巧将铜铁变新装。
喷云吐雾钢花舞，绣出中华大典章。

赞全国工匠艾爱国

高　星

人生结就焊工缘，技艺超群四海传。
巧点融成钢铁梦，火花长灿更佳妍。

咏“大国工匠”艾爱国

向爱民

一把焊枪惊四方，神州制造亮奇光。
追求卓越犹专注，攻克难关国栋梁。

易　冉：电焊“花木兰”

易冉，1982年生，株洲市荷塘区人，中共党员，大学学历，电焊工高级技师、特级技师、国际焊接技师，全国示范性劳模和工匠人才创新工作室领衔人，现担任中车株洲车辆有限公司制造二部电焊班长、湖南省总工会副主席（兼职）。获得“全国劳动模范”“全国五一劳动奖章”“全国技术能手”“大国工匠”“湖南省劳动模范”等荣誉。当选中国共产党第二十次全国代表大会代表、中国工会第十七次全国代表大会代表。享受国务院政府特殊津贴。

赞大国工匠易冉

贺夏盛

头盔目镜厚衣裳，玉手纤纤紧握枪。
轮下身躬查验细，机台足立焊接忙。
有心练就高超艺，无意竟成工匠王。
智造强国怀壮志，青春挥洒火花扬。

赞电焊工匠易冉

谢本皓

名扬四海灿朝霞，一杆焊枪堪绣花。
历尽千难求卓越，顶尖工技誉天涯。

采风易冉

梦　溪

喜看群英耀国光，中车易冉誉名扬。
潜心焊接成工匠，立志攻关顶大梁。
绝技缘从磨砺出，殊荣始自苦寒芳。
功高未改寻常貌，宛若梅花透暗香。

满庭芳·易冉带徒传艺

淡如竹

古渡良图，东城株辆，故园莱子风流。红装易冉，工匠谱千秋。绽放焊花意巧，技能绝、异域鳌头。廿年久，柔身却有，桃李载盈舟。

攻关求极致，师徒佳配，岁月勤酬。尽留得，竭情植艺良畴。社稷胸怀共说，传帮带、篆隶长留。倾心血，几多光热，为企再争优。

【注】中车株辆公司所在地，宋家桥古称为良图塅，二十世纪五十年代建厂前，有古代二十四孝人物之一老莱子墓。

陈娜娜：中车国际“焊王”

陈娜娜，1989年1月生，湖南茶陵人，中共党员，大本学历，电焊工高级技师，工程师，现担任中车株洲车辆有限公司制造二部欧清莲班班长。在各级各类职业技能竞赛中取得优异成绩。先后率队参与公司焊接攻关项目试验100余项次，新材料焊接工艺性及工艺评定试验60余项，连续8年承担公司ISO3834和EN15085国际认证。完成重载高速铁路货车技术创新47个，申报国家专利33项。获“湖南省劳动模范”“中华全国铁路总工会火车头奖章”“中车十大杰出青年”等荣誉。

题电焊高工陈娜娜

曹宇阳

信手焊枪惊四众，金辉闪耀照妍容。
天衣无缝疤痕隐，艺技超伦成就丰。
高铁神威哗异域，中华利器秀群峰。
谁言巾帼难拈重，本女生来藐碧蓉。

清平乐·咏劳动模范陈娜娜

秦友成

弧光闪烁。焊把精心握。伫立台前寻缝角。何惧焊花灸灼。

练就绝技称雄。货车重载关攻。不喜红装翠饰，潮头争立新功。

西江月·赞名匠陈娜娜

许国强

入校雏鹰得主，上岗电焊名师。爱岗敬业志英奇，问道寻踪学技。

戴月披星常事，惧何霜染征衣。焊枪吐艳画闺妮，好个兵头将尾。

许贤杰：国际电焊冠军

许贤杰，1987年10月生，湖南衡东人，中车株洲电力机车有限公司电焊工，电焊工高级技师，中车技能专家。获得国际焊接大赛MAG焊项目第一名、湖南省“十行状元、百优工匠”焊工比赛实际操作第一名。荣获“全国技术能手”“全国青年岗位能手”“湖南省劳动模范”等称号。

赞电焊工高级技师许贤杰

殷顺安

平凡事业状元郎，接短拼长托大梁。
技艺超群多面手，匠心独运绣花枪。
攻关数载风兼雨，折桂几经暑与凉。
梦寄中车天地阔，交通强国路芬芳。

鹧鸪天·题国际电焊许贤杰

孙晓廷

轨道游龙气宇昂，只缘工匠立潇湘。青春已绽悬弧美，热血终浇愿果香。

灯火烁，焊花扬，领军时代步铿锵。披坚执锐携新秀，赓续星驰向远方。

吴　哲：国际焊接技师

吴哲，1988年12月生，湖南株洲人，中共党员，大学本科，株洲联诚集团控股股份有限公司减振器公司焊工，国际焊接技师。中国工程建设焊接协会职业技能竞赛裁判员，湖南省技能人才评价工作焊接技术类专家委员会专家。2022年获得“全国五一劳动奖章”“湖南省劳动模范”荣誉。

赞农民工电焊工吴哲

谭穆喜

农家赤子着工装，怀揣初心意气扬。
砥砺躬行精技艺，攻关破隘著鸿章。
焊歌唱响西欧曲，弧彩嫣红北美光。
践梦兴邦唯己任，平凡岁月铸辉煌。

赞国际焊接技师吴哲

龙正泉

工枪一举溅银花，早映朝阳晚映霞。
岁尾年头皆可焊，天衣无缝土专家。

赞电焊工吴哲

陈新力

工枪弄月度春秋，产品三千第一流。
不要人夸颜色好，焊花娇照美难收。

鲁四清：焊业标杆

鲁四清，1963年5月生，湖南科美达电气股份有限公司高级焊工。参加工作的38年间，扎根焊接一线，刻苦钻研技术，参与研发的立环高梯度磁选机，改进了介质盒的制作工艺。积极进行技术革新，试制成功国内先进的螺旋叶片模压技术，成为行业标杆。从一名普通的焊工，一步步成长为“科美达能手”“湖南省劳动模范”。

【双调·庆宣和】赞电焊工鲁四清

蔡先勇

卅载焊枪吐焰花，练就行家。里手名扬贯中华，众夸，众夸。

三焊全能独秀他，实属奇葩。焊接无痕又无疤，绝佳，绝佳。

【注】三焊指熔焊、压焊、钎焊。

【正宫·塞鸿秋】赞劳模高级电焊工鲁四清

唐胜清

焊枪在手金花灿，焊成物件人人赞。焊师工匠当模范，焊哥事迹潇湘绽。焊功数一流，人中真硬汉，焊工创效加油干。

【正宫·汉东山】大国工匠鲁四清

汪姣荣

身经百战哥，血火滚蒸锅。志改旧窠窝，俊豪也么哥，匠手独能细雕凿。画卷何，情沃濯，醉高歌。

【正宫·小梁州】赞电焊工鲁四清

刘珍英

焊枪频点迸银花，溅洒如霞。焊工操作险关爬，无冬夏，赢得众人夸。（幺篇）炎天酷暑蹲高架，面罩后，汗注如麻。艺至精，情无价，难题敢跨，业履灿奇葩。

赞劳模鲁四清

季传富

破损复原为本行，平生耿介敢担当。
汗花浇得焊花炽，铄日熔星固脊梁。

【双调·折桂令】焊接能手鲁四清

陈森林

吱吱吱焊点飞花，面罩蒙头，焊嘴轻划。惜本怜材，量身下料，缩小偏差。改工艺精磨细打，克难关、奇技雄拔。滚打摸爬，奉献青春，翊亮科达。

颜克铭：“免检焊工”

颜克铭，1986年生，湖南冷水江人，大唐华银金竹山火力发电分公司检修部燃检班班长。掌握了多种高合金材料、大口径管、异种钢的焊接技术，多年来累计完成的高压焊口万余个，被誉为“免检焊工”。荣获“中央企业技术能手”“中国大唐技术能手”“湖南省‘十行状元、百优工匠’竞赛活动入围奖”。2020年被评为“湖南省劳动模范”。

赞金牌电焊工颜克铭

粟　芳

一道银弧耀碧空，谁将紫焰化霓虹。
雄心写在鬓丝里，壮志溶于汗水中。
竞技赛场赢盛誉，平凡岗位建奇功。
青春不与时光老，事业终同岁月丰。

【黄钟·刮地风】赞“免检焊工”颜克铭

刘长明

多种合金焊接难，试者心寒。再加大管道连环，不漏无潺。异钢奇幻，焊枪难按。刻苦钻研，通通能办。百分合格攀，技能高手罕，书写非凡。

【正宫·塞鸿秋】咏颜克铭勤学苦练

陈晓娥

一滴汗水一花灌，浑身本领十年炼。读书深夜高科探，挂砖臂腕精工锻。攻坚何惧辛，解惑除忧患，能工巧匠当模范。

【注】花指焊花。

【正宫·塞鸿秋】赞“免检焊工”颜克铭

胡　三

砖头手吊何言痛，弧光闪烁如心控。求精路上辛酸共，擂台献武惊龙凤。青春无可追，绝技人传诵，焊花诠释成才梦。

致“焊匠”颜克铭

梁革新

多少三更并五更，焊花朵朵汗浇成。
人生价值知何处，火热青春炽热情。

诗赞劳模颜克铭

肖缙玺

手握银枪画彩虹，青春写入焊花中。
创新不负勤和勇，奉献仍须始与终。
坚守换来传世誉，苦研斩获大牌工。
高端艺技平钢缝，岁月燃烧铸俊雄。

向　杰：焊花绚丽

向杰，1986年11月生，华菱安赛乐米塔尔汽车板有限公司区域技师（电焊工）。湖南省第六届职工职业技能竞赛第二名，世赛湖南省选拔赛娄底指导教练（焊接项目），被聘为2021年度湖南省职业院校技能竞赛“高职组焊接技术”赛项裁判等荣誉20余项。获得“全国五一劳动奖章”“全国技术能手”“全国青年岗位能手”“全国冶金建设行业优秀选手”“湖南省百优工匠”等荣誉。当选第十二届全国青联委员，第十一、十二届湖南省青联副主席。

【正宫·塞鸿秋】赞焊工工匠向杰

唐利荣

层层铁板银光灿，条条细线机关焊。薄衣湿透擦干汗，劳模受誉成风范。勤劳朴素人，真正男儿汉，大国工匠人人赞。

致向杰

吴新开

弧光岁月情，焊烙是心声。
三昧神工火，蓝图巧绘成。

【正宫·塞鸿秋】赞电焊工劳模向杰

胡 三

秤砣百练春秋度，焊枪应手弧光吐。匠心师表千苗育，痴情团队风云驭。超能鬼斧刀，巧技书声誉，焊花点亮人生路。

贾志光：焊工的脸面

贾志光，1977年11月生，湖南沅江人，中共党员。2013年加入楚天科技股份有限公司，历任焊接班班长、机械调试工程师等。他不断追求焊接工艺提升，以他为主的团队试制的箱体夹套焊接工艺改善项目，用MAG焊代替传统的手工电弧焊，可节省30%的时间和成本。主导完成越南、希腊、俄罗斯等多个境外配液系统项目交付。2019年5月荣获“湖南省五一劳动奖章”，2021年5月荣获“全国五一劳动奖章”。2022年12月当选湖南省第十四届人民代表大会代表，2023年7月当选中国工会第十八次全国代表大会代表。

题焊接劳模贾志光

王振远

廿年甘苦不寻常，智欲圆兮行欲方。
脸面来争及欧亚，技能相授别苍黄。
专家手段千钧铁，大匠名声百炼钢。
生活焊成工艺品，楚天风气自弘扬。

题贾志光

何　漂

大写人生是焊枪，青春花火变诗囊。
加班所欠天伦乐，都在男儿梦里藏。

临江仙·题劳模贾志光

田军成

诗赋讴歌工匠，楚天拜会劳模。参观烧焊炫光弧。果然工艺巧，每觉大师殊。

来去五洲城廓，迂回万里征途。安装调试费功夫。无心邀海月，有梦展宏图。

杏花天·题贾志光

王罗方

最好同门共传艺，摇摆臂，弧光氩气。焊枪在手通神技，非作戏，珠汗缀。

寒暑往来忘休憩。常挂念，凝心聚意。徒子徒孙齐奋起，作重器，恒牢记。

廖　金：焊接技术攻坚能手

廖金，1988年生，湖南湘阴人，中共党员，现任楚天科技股份有限公司焊接培训师。从事焊接工作19年，改善和解决了冻干机薄板外表焊接变形大、焊缝易氧化的问题，且避免了显露焊接痕迹的难题；还成功解决冻干机膨胀箱焊成型差、试压合格率低的问题。先后获得许多鼓励和荣誉，2017年4月获“湖南省五一劳动奖章”，2018年4月获“湖南省劳动模范”“全国五一劳动奖章”。

题焊接劳模廖金

王振远

灿灿弧光袅袅烟，焊枪谁结此生缘。
连横合纵看摇摆，破困驱难识劲坚。
核火曾经南粤守，功名不负盛京传。
爱徒多少凝眸处，一片初心耀楚天。

题劳模廖金

易庆安

心花合与焊花开，袖底弧光入画来。
应是科研能致远，等闲手段出新裁。

题廖金

何　漂

焊枪瞄准把头沉，花火光辉映在襟。
手上更添中国梦，要将科技点成金。

题焊接能手廖金

田军成

车间一角绽弧光，源自劳模舞焊枪。
大匠神功摇摆法，天工难与比精良。

浣溪沙·题廖金

刘　文

南国风云逐浪高，家山频唤子归巢。十年磨砺裹成包。

新科技登沩水岸，鱼鳞焊似浙江潮。楚天正自对吾曹。

刘新新：焊接技能专家

刘新新，1983年12月生，湖南湘潭人，中共党员，本科学历，现为湘电集团结构件事业部焊接首席技能专家、高级技师、高级工程师。参加工作20年来，先后主持或参与完成国家重点项目焊接技术难题攻关90余次，提出合理化建议和技术革新200余项，个人获国家专利3项，取得中国机械工业科学技术奖1项，优秀技术创新成果11项，科研成果8项，多项参与攻关的重点新产品填补了国内空白。先后获“第九届全国技术能手”“全国优秀共青团员”“全国电工行业青年岗位能手”“全国机械冶金建材行业工匠”“湖南省国企楷模”“湖南省国企工匠”等众多荣誉，2021年获“全国五一劳动奖章”。享受国务院政府特殊津贴。

颂赞青年电焊工追梦人刘新新

袁爱华

师系名门艺在身，又栽桃李万枝春。
焊枪点亮星星火，不负韶华追梦人！

【南黄钟·画眉序】焊匠刘新新

李文勇

焊出满天霞，焊出心中朵朵花。乐迎难而上，一线当家。新成果人见人夸，传技艺春秋冬夏。喜持焊枪圆新梦，弧光点缀生涯。

焊接技能专家刘新新

吴晓晖

传袭名师复育人，年方弱冠已无伦。
从来后浪推前浪，万紫千红才是春。

电焊专家刘新新

周　立

枪头轻点闪金花，合纵连横是大家。
国有天工输重器，威加海内护中华。

海洋设备电焊专家刘新新

胡　晖

手握一支枪，梦中犹有光。
星驰辉浩宇，电掣落微霜。
欲使金瓯固，还须铁甲强。
蛟龙腾海日，喜领授勋章。

徐仲维：工人“院士”

徐仲维，1966年4月生，湖南长沙人，中共党员，大学本科学历，现任湖南湘电动力有限公司电器装配工兼公司监造师，高级技师。先后完成国家重点项目关键技术攻关65项，改进电机系统缓冲装置的关键技术11项，设计了定位、检测、吊运工装100余项，制作了大型设备2台，申请国家专利7项，为企业振兴和国防事业发展做出了突出贡献。先后获得“全国五一劳动奖章”“全国技术能手”“全国装备制造调整和振兴规划立功竞赛先进个人”“中国机械工业百名工匠”“湖南省优秀共产党员”“湖南省劳动模范”“湖南省技术能手”等众多荣誉。2020年获“全国劳动模范”称号，2022年荣获“大国工匠提名人选”。享受国务院政府特殊津贴。

大国工匠徐仲维

邓照乾

攻克难关箭在弦，当仁岂敢让人先，
精研数据千方证，重器铸成国梦圆。

全国劳模国防设备装配师徐仲维

胡　晖

巨匠作雕弓，神州祈大同。
两间当自信，一线许初衷。
誓把豺狼慑，勤将术业攻。
飞天破云日，喜报到蟾宫。

工人“院士”徐仲维

吴晓晖

传帮非是好为师，点化平凡需巧思。
院士之名属工匠，其中心血几人知。

【中吕·朝天子】中国机械工业工匠徐仲维

李文勇

战机，奋飞，弹射添神器。看如今四海扬眉，万里江山翠。羿彀生奇，攻关不寐，登峰苦作梯。月低，斗垂，梦闯新天地。

钟新跃：机械流水线上的“老神医”

钟新跃，1965年8月生，湖南益阳人。湖南汉森制药股份有限公司机修班班长。1984年，高中毕业后，怀着满腔热情，与医疗器械维修给下了情缘。从一名机修学徒起步，边干边学边钻研，练就了一套望、闻、问、切的“看病本领”，被誉为流水线上的“老神医”。2018年“全国五一劳动奖章”获得者，2020年被评为“全国劳动模范”，并荣登2020医药湘军总评榜“产业工匠榜”。

赞劳模钟新跃

李　钊

锉刀锤子匠心工，线上神医号脉通。
赶走机前拦路虎，赢来雨后向阳虹。
当班注重传帮带，敬业追求学创冲。
大国新天飞跃梦，钟情最靠主人翁。

【正宫·塞鸿秋】赞全国劳模钟新跃

李应元

翻番效益连年步，创新节约佳音报。螺钉一紧红心照，开关一亮春光耀。车间暖气通，袖里乾坤抱，汉森之树花枝俏。

西江月·赞美全国劳模钟新跃班长

刘玉珍

耳听八方护厂，眼观六路维修，望闻问切显风流，敬业爱岗奋斗。

技术潜心探究，规程制定精优，勇挑重担满身油，工匠精神独秀。

【双调·雁儿落带得胜令】流水线上的神医钟新跃

陈森林

叮当锤炼图，光闪砂磨赋，锉刀拨素弦，扳手拧佳句。（带）流水线霞铺，隐患处屏逐，问切凭医术，望闻知误区。征途，岂惧崎岖路，编珠，常依巧匠谋。

长相思·赞制药厂机修班班长钟新跃

曾敢想

油一身，汗一身，机器情形看得真。人夸双眼神。
技更新，艺更新，辛苦成才是窍门。操劳春复春。

宋奇峰：从零基础到“土专家”

宋奇峰，1973年1月生，湖南常德人，大专学历，中共党员，高级技师，现任湖南云锦集团股份有限公司技术中心工程师。连续多年被公司评为“维修能手”“标兵”，并获评“全省热爱企业优秀员工”，2010年获得“湖南省劳动模范”称号，2015年被授予“全国劳动模范”称号。当选湖南省第十四届人民代表大会代表。

记全国劳模工程师宋奇峰

向才梅

春风雨露孕新枝，独秀丛林逢盛时。
七彩雕花飞锦绣，一台电脑创神奇。
螺钉偏铆双休日，汗水常浇两鬓丝。
搜尽肝肠无警句，直将绢帛叠成诗。

【双调·沉醉东风】赞电气工程师宋奇峰

皮国繁

成就缘于敢创新，精诚博取功勋。苦攻关，尤勤谨，钻研电气总倾心。剪得天边数段云，共织就人间丽锦。

【双调·水仙子】赞全国劳模宋奇峰

杨汉林

排除故障土专家，破解难题技众夸。标兵盛誉传嘉话，特殊奉献佳，历艰辛，勇闯天涯。征程跨，风雪踏，崭露才华。

李维民：钳工岗位带头人

李维民，1962年5月生，湖南长沙人，中共党员，湖南湘电集团长沙水泵有限公司机具车间原钳工班班长。他扎根一线30多年，完成数十项工艺优化、设备改进、技术攻关等创新。荣获“全国劳动模范”“湖南省劳动模范”“湖南省优秀共产党员”“湖南省职工高级技能人才名师”“湖南省百佳首席技师”“长沙市优秀名师”“长沙市技能大师”等称号。享受国务院政府特殊津贴。

题钳工李维民

朱世平

笃守方台数十年，躬身锉削独磨研。
镂成棱玉翱千仞，泵出遗珠上九天。
格物由来三径得，修文不吝一灯传。
声名当世人争颂，百业长兴大匠先。

【仙吕·醉中天】赞水泵厂钳工李维民

徐瑞理

老虎钳台转，手艺数他全。灯下通宵细究研，未顾躯身倦。长泵声名久远，千锤百炼，一腔赤子情燃。

姜　辉：从普通钳工到气化炉专家

姜辉，1974年10月生，湖南益阳人，巴陵石化公司煤化工部装置设备副主任，高级工程师。1993年从巴陵石化技校钳工班毕业，被分配到巴陵石化煤化工部合成车间维修班工作。针对气化炉的预防性维修，不断完善和规范检修规程和维修方案，得到广泛推广，被誉为“气化炉专家”。2018年获“全国五一劳动奖章”，2020年被评为“全国劳动模范”。

【南南吕·一剪梅】赞石化劳模姜辉

李红梅

谁在车间度百宵，忘却疲劳，忘却喧嚣。千张图纸复重描，磨亮工刀，移动弓腰。（前腔）廿六春秋技法教，更具风骚。

踏莎行·赞全国劳模姜辉

谭晓春

技校书圆，平冈苦干。气炉煤化钻研遍。敢从旧案拓新途，名扬内外真经献。

机运安全，负荷满贯。维修战线黄金冠。壳牌最棒奖维修，专家气化炉前炫。

刘志军：状元钳工

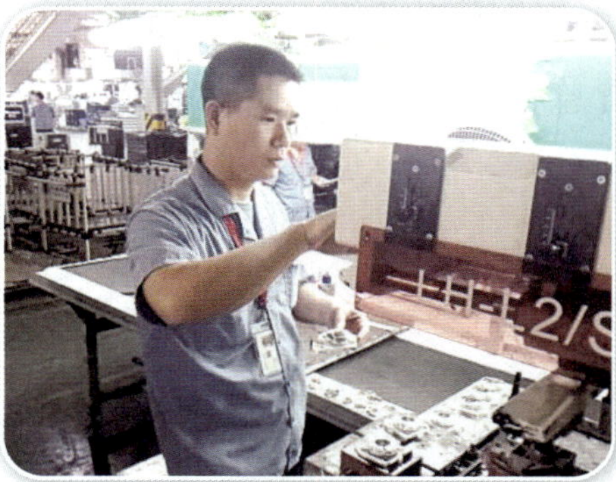

刘志军，1986年3月生，湖南长沙人，2015年毕业于长沙汽车工业学校，同年3月，加入长沙奥托机械股份有限公司，现为长沙奥托机械股份有限公司折页机车间主任。2016年获长沙市装配钳工职工职业技能竞赛第四名，2017年获长沙市装配钳工职工职业技能竞赛第一名，2018年获高新区“工匠杯”第二名、全国职工职业技能竞赛省赛选拔赛第一名。在长沙市2018年“十行状元、百优工匠”竞赛活动中，获装配钳工类竞赛第一名。2019年被评为“长沙市劳动模范”，2021年被评为“湖南省劳动模范”。

【双调·清江引】咏大国工匠刘志军

徐瑞理

埋头苦干将袖撸，效益增无数。灯前图纸研，月下装材度，惟将晓日君自许。

浣溪沙・赞刘志军机械调试劳模

王罗方

机械道心诚一理，偏欹协佐须调试。持重若轻凭熟技。
乾坤揣度无神器，着意科研从未弃。砥砺前行逾岁岁。

李　露："华龙一号"轴承研发专家

李露，1986年12月生，湖南湘潭人，湖南崇德科技股份有限公司工艺开发部高级工艺工程师，工程师、高级技师。带领团队圆满完成国家"华龙一号"项目主反应堆冷却水泵滑动轴承研发制造任务，打破国外技术封锁。2022年，获得"全国五一劳动奖章"，并被评为"湖南省劳动模范"。

望江南·莲城李露

肖昆明

青春美，奋斗最优先。强国还须科技领，奖章终似轴承圆。辉熠彩光旋。

赞一线工艺工程师李露

贺干平

磁气悬浮产业鲜，辛勤研究决心坚。
苦钻科技成优秀，开拓创新美梦圆。

唐　伟："免检品"出品人

唐伟，1977年生，湖南湘潭人，湘潭市电机车厂有限公司车工。他单件耗时和刀具消耗只有其他普工的一半，做的三万多根车轴无残次品，件件合格。产品出口到越南、肯尼亚等许多国家。他的创新成果电机车无人驾驶控制系统为智慧矿山设备节能增效做出了贡献。获得"全国五一劳动奖章""湖南省五一劳动奖章""全国优秀农民工"荣誉。

咏车工状元唐伟

刘建铁

作业忌浮华，分毫厘勿差。
千车工细料，万件绝疵瑕。
非是科班仔，精培工匠花。
潜心研技术，不负土专家。

赞车工唐伟

陈先进

七尺男儿蓝领范，车刀逐梦匠于心。
游标量尽人生路，转轴题诗又一吟。

全国五一劳动奖章获得者唐伟

唐卫文

身是农门稼穑人，车间铣轴久传神。
心诚巧铸莲城品，五一功章不染尘。

王志刚：机器人制造设计师

王志刚，1987年7月生，湖南邵东人，湖南锐科机器人技术有限公司机械工程师，农民工。致力机器人技术和智能制造技术融合内陆特色县域传统产业转型升级，2020—2021年主要负责研发设计了木工家具智能喷漆机和跨境物流扫码测重量方拍照一体机，这两种设备都有针对性地解决了所属行业的痛点难题。2022年荣获“全国五一劳动奖章”。

农民工工程师王志刚

萧伟群

万里东风大有年，昭陵人物百花妍。
学行不走邯郸步，创业但凭知识篇。
千古难题君自解，几多智造世为先。
神工一展凌云志，天道从来超在前。

赞工程师王志刚

黄志浩

赞誉频来胜暖春，君将智造写情真。
拓深技巧研机器，拨点灵犀逞匠人。
好略源于肝胆照，难题解在睫眉颦。
几番负笈超朋辈，天道酬勤慰尔神。

汤　兵：生产线上的创新达人

汤兵，1983年11月生，湖南益阳人，湖南省福德电气有限公司桃江分公司二期冲压组长兼技术员。潜心技术研究，主导多个项目开发及设备改进，常与设备相伴，成功研发出无人冲压自动化技术，并获得发明专利。创下公司安全生产周期新纪录。2020年获评“湖南省劳动模范”。

卜算子·赞电气一线劳模汤兵

郭再仙

一线打冲锋，探索驱迷雾。技术精通勇创新，誓把安全护。

机器响轰鸣，恰似敲欢鼓。奉献青春一寸心，从未言声苦。

【中吕·醉高歌带喜春来】赞汤兵

曾敢想

操心四季繁忙，有艺千家敬仰。为图改进争强项，燃起熊熊幻想。（带）蛟龙水里掀波浪，骏马风中赴战场，长虹雨后对阳光。拿大奖，你看他笑得像高粱。

陈奇福：从皮带工到“双师型”人才

陈奇福，1977年11月生，湖南湘乡人，涟源钢铁集团有限公司信息自动化中心炼铁责任二区班长。从事烧结、焦化、炼铁、鼓风与发电等专业自动化系统技术开发与设备维护。多次参加国家和省职工技能大赛并取得优异成绩。获评“全国技术能手”“全国青年岗位能手”“湖南省属企业岗位技术能手”，并荣获“湖南青年五四奖章”。

致大国工匠陈奇福

梁革新

工匠出双师，平凡亦可为。
钢花飞梦想，笨鸟著神奇。
好学何辞苦，精研略近痴。
知元无止境，难得是持之。

【注】“双师”指技师与工程师。“笨鸟”为陈奇福自称。

赞陈奇福

陈凤吾

金龙吐焰耀钢城，敬业能工技艺精。
利锁名缰抛碧海，唯求品质胆肝倾。

致技术能手陈奇福

吴冰玉

钢花璀璨耀涟滨，广厦高堂筑万钧。
烈焰流金熔岁月，千锤百炼出奇人。

致陈奇福

吴新开

炉台焰火明，技湛复求精。
灼灼钢花灿，丹心百炼成。

陈　明：特变电工焊接发明家

陈明，1968年8月生，湖南衡阳人，特变电工衡阳变压器有限公司生产部部长。在焊接机器人的基础上，利用3年时间，主持开发了“有轨式油箱焊接机器人”和“自动大型叠片机器人”项目。使衡变公司成为世界第一家实现变压器油箱机器人焊接和大型叠片自动化生产的工厂，开创了行业生产制造新模式。2020年被评为“湖南省劳动模范”。

特变电工劳模陈明

厉文定

称雄世界出潇湘，特变电工呈脊梁。
叠片智能施巧艺，焊箱自动闪弧光。
心迷数控鹏程远，志为中兴国梦昌。
一线成才真本事，劳模大匠美名扬。

赞劳模陈明

胡清元

焊缝不用细思量，应手操戈胜美妆。
朗咏陈明先进事，初心不忘在衡阳。

卢鸿义：永远背着“工具箱”

卢鸿义，1982年5月生，湖南长沙县人，现就职于湖南三一工业职业技术学院，新能源装备学院新能源汽车专业副教授，高级工程师，高级技师。从事汽车维修、制造、技术培训、售后服务管理、满意度提升、职业教育等工作24年。多次参加三菱品牌全球培训中心技术研修和全球技能大赛技术指导，搭建了相关技术培训和技术认证体系。第一届、第二届中华人民共和国技能大赛命题专家和裁判成员，多次参加各级各类技能大赛，担任裁判长、命题组长和裁判。通过工作室平台，成功培育省市级技术能手3人。获得“湖南省劳动模范”“湖南省技术能手”“湖南省五一劳动奖章”荣誉。

汽车技术劳模卢鸿义

王振远

为君潇洒乐如何，弟子师传几处多。
梦想于心追更筑，功夫在手琢犹磨。
拓开事业千条路，谱就人生一首歌。
是好男儿当大任，羞教岁月付蹉跎。

劳模卢鸿义

何　漂

何惧身躯累，心中有梦飞。
维修添本领，敲打壮声威。
凭借能工手，精雕重器机。
时间耕汗泪，滴滴是光辉。

题卢鸿义

梁文魁

高格早许三生幸，志在兴学向海瀛。
尽历艰难凭辗转，宽赊名利自从容。
堪旌一代盲操手，不负十年苦练兵。
制造强国期重器，龙腾大纛卷长风。

韩昌勇：画出一根头发丝的精度

韩昌勇，1979年2月生，湖南常德人，现任常德纺织机械有限公司机加车间钳工高级技师。在六米多宽的床身上画出的“精准线”整体平面误差不超过50丝，相当于几根头发丝的距离。这样的床身，他已经画了三百多台，没有出现一台不合格产品。先后获得“国机集团劳动模范”“恒天集团劳动模范”“湖南省‘五一先锋’”“湖南省劳动模范”等荣誉。

【正宫·小梁州】赞纺机钳工高级技师韩昌勇

刘经平

月均业绩巨千分，成果骄人，无时关照顾双亲。犹精进，奉献换师尊。（幺）革新降本争腾奋，苦研操控忘晨昏。不负公，心相印，全身投入，工匠受旌甄。

钳工劳模韩昌勇

姚绍举

钟情事业见精神，竭尽才能促厂新。
机械钳工称好汉，手中技艺盖时伦。

【中吕·山坡羊】大国工匠韩昌勇

黎文兴

大国工匠，鲁班模样，爱国敬业精神壮。守钳床，创优良，鼎新革故担肩上，高碳针床圆梦想。心，永向党；人，工作狂。

罗喜香：针车操作能手

罗喜香，1978年7月生，湖南隆回人，湖南和亚运动用品有限公司针车6组组长，农民工，2020年被评为湖南省劳动模范。

咏针车组长罗喜香

罗再贻

人勤手巧又心红，敬业争先见巧工。
赛事频登龙虎榜，农家巾帼亦英雄。

赞针车操作劳模罗喜香

石毓根

者番跳舞在针尖，荣誉如花一笑拈。
向硬功夫求妙诀，寸心岂许乱毫纤。

陈亿清：钣喷工艺大师

陈亿清，1983年1月生，湖南湘乡人，中共党员，大专学历，现任益阳市华溢汽车销售服务有限公司零部件经理兼钣喷主管。自2009年进入公司以来，他视工作岗位为服务企业、奉献社会的平台，力争将平凡工作做到极致。在生产中对产品、技术、工艺，进行大胆创新，不仅提高了生产效率，而且节约了成本。2015年6月8日代表益阳市参加水性漆比赛获湖南省第二名，2016年1月获“湖南省技术能手”称号。2016年4月获“湖南省五一劳动奖章”。2019年4月获“湖南省劳动模范”“全国五一劳动奖章”荣誉。

临江仙·劳模陈亿清

周守虎

华溢征鸿逐梦，银锤唤醒宵晨。钣金行里巧耕耘。喷枪描岁月，资水映缤纷。

摘得三湘桂冠，天边共寄烟云。傲梅声里赋时新。清词托雅韵，雅韵颂工人。

咏钣喷工陈亿清

向彩艳

漆工描素画，众客喜喷枪。
小业成精技，方能扛大梁。

赞技能工匠陈亿清

何再良

钣喷从来技术雄，汽销行业立奇功。
亿清立志精工匠，喜获今朝事业丰。

赞大国工匠陈亿清

何庆华

站位钣喷勤作为，亿清技术引人追。
奖章授给艺精者，大国匠工输过谁？

宾自兴：喷涂攻关人

宾自兴，中共党员，株洲联诚集团控股股份有限公司涂装工技师。自创“宾式”喷法，擅长各类轨道交通大型复杂工件的手工喷涂和金属闪光漆喷涂，他先后参与ART智轨车、皮纹漆、西门子单双辅柜等200余项国内外机车喷涂攻关项目。荣获“湖南省劳动模范”“湖南省技术能手”等称号。

赞喷涂大师宾自兴

康春花

满身油漆味，豪气正当年。
熟视临瑰宝，梳妆照丽娟。
西门双柜绝，客户万家连。
勤学寻常问，师徒自在传。

赞宾自兴劳模

易作宏

手持喷具写青春，智轨机车漆献身。
岂惧艰辛和毒雾，劳模工匠出凡人。

黄利华：注塑技术创新者

黄利华，1978年6月生，湖南宁乡人。2009年9月，应聘进入湖南中财化学建材有限公司，以高中学历，从普通学徒起步，逐步升任管件生产部02车间主任。她擅长PVC注塑机注射成型类产品外观工艺调试改革，特别重视技术与管理的有机结合，推广机械手削剪技术，有效减轻员工劳动强度。2017年至2019年，自主研发人工装卸球阀半自动化，实现饮水全塑球阀手动放入球阀、自动压紧、自动打压球阀。2019年获评“长沙市劳动模范”，2020年获评“湖南省劳动模范”，2023年入选“全国三八红旗手”。

管件注塑技术劳模黄利华

王振远

回首当年种地人，农家本色自传真。
入司端赖勤交勉，领路何妨步卷尘。
管件工中夸独秀，木兰阵里喜同春。
半边天也谁撑起，皓月当空又一轮。

鹧鸪天·题劳模黄利华

易庆安

失地当年未可哀，投身中化展鸿才。管材注塑神丁助，工艺攻坚匠手裁。

勤趁伴，苦为媒。须眉不让醉霞腮。沩江亦解耽歌咏，一路和鸣向凤台。

浣溪沙·题黄利华

刘　文

注塑机前汗湿襟，每逢毛刺倍思寻。门开门合辨常音。

巧手堪称机械手，诚心恰似水晶心。十年坚守鉴真金。

题劳模黄利华

李登奇

匠心女手更玲珑，纤巧灵思叹化工。
注塑机如画图笔，树脂管是递诗筒。
营生也应行文雅，奉艺还当任事忠。
一念关山家在厂，只求奉献不求功。

刘仁超：光电数控铣状元

刘仁超，1985年2月生，中专学历，中共党员，现为湖南华南光电（集团）有限责任公司精密制造公司数控铣工，技师。在工作岗位上始终如一，严谨求实、勤奋刻苦、兢兢业业，很好地完成了各项特种产品加工任务，多次被评为公司“优秀共产党员”“先进工作者”“青年岗位能手”。先后荣获公司“最美青工”、“劳动模范”、职工比武铣工“状元”，中国兵器装备集团“优秀共产党员”，“湖南省劳动模范”等称号。

赞精密高级数控铣工刘仁超

贺用璋

立志从工胆气豪，潜心学技不辞劳。
刨光钻孔千回测，车铣抛花百次刀。
薄壁精雕追艺巧，合金细刻在微毫。
航天逐梦夸功匠，神器腾飞万里遥。

赞劳模刘仁超

施明华

军工骄子比山高，服务国防诚足豪。
勤学钻研精数控，加班苦累不辞劳。
传帮带助攀千仞，立卧铣车争半毫。
时代标兵人敬仰，兴邦实干漫云涛。

柳祥国：电解槽发现新世界

柳祥国，1974年生，湖南醴陵人，中共党员，锌电解精炼高级技师，高级工程师，现任株洲冶炼集团股份有限公司五级技术专家。参加工作以来，带领团队成员总结出了60余项创新成果、多个先进操作法，其首创的“四一先进操作法”获全国第三届职工科技成果奖”，“边板定法”获湖南省首届职工创新成果奖。2020年6月他首创锌冶炼先进操作方法二十条，成功在锌湿法冶炼运用并稳定产出99.997%高纯锌，处行业领先水平。先后获“全国劳动模范”“中华技能大奖”“全国五一劳动奖章”“全国技术能手”“2022年大国工匠年度人物提名人选”荣誉。当选中国工会第十八次全国代表大会代表、执行委员会委员、大会主席团成员。享受国务院政府特殊津贴。

赞锌匠先锋柳祥国

言文杰

努力耕耘不畏辛，平凡岗位见精神。
节能增产新方好，祥国原来大匠人。

赞全国劳模柳祥国

易作宏

工匠祥国赤胆怀，精心炼就好锌来。
平清紧看新操作，苦累脏湿自遣排。
后进经他先进变，大家唤我小家开。
基层岗位殷勤干，建设中华是栋材。

赞全国劳模柳祥国

洪　湛

锌匠先锋赤子情，平清紧看迈新程。
更携蓝领万千手，齐筑神州锦绣荣。

余　鹏：电解槽面追梦人

余鹏，1980年9月生，湖南常宁人，高中学历，现住湖南省常宁市水口山镇三香村下屋组，就职衡阳水口山金信铅业有限责任公司电铅车间。2001年5月，以农民工身份进入金信公司电铅车间，在装出槽配酸岗位任操作工，工作恪守本职，兢兢业业，带领员工积极参与技术革新，不断优化铅电解液添加剂配比。曾多次被公司评为“先进个人”，2015年被评为“全国优秀农民工”，2020年被评为“全国劳动模范”。

赞电解槽面追梦人余鹏

谢卫民

酸雾不曾销梦想，敢将重任托于肩。
红心镶在铅槽里，电解人生奋斗篇。

记全国劳模余鹏

周　立

锁定疑难不避逃，青春作伴电铅槽。
革新技术求增产，冶匠丰功着锦袍。

赞余鹏

邹兆明

荣耀三湘美达人，电铅行业大功臣。
韶华不负唯勤奋，赢得高名捷报频。

电铅电解劳模余鹏

胡清元

莫道英雄何出处，问题求解有真经。
电铅技巧无难事，高手余鹏是典型。

赵　旋：智能制造尖兵

赵旋，1984年生，湖南湘潭人，湘钢智慧制造工业自动化设计研发工程师。他将5G，AI，AR等技术与工业互联网结合起来，将生产设备现场信息与移动技术结合起来，研发了20多款服务现场生产管理软件，多款软件获得国家知识产权局颁发的计算机软件著作权。在推动湘钢智能制造，推进产业优化升级等方面做出了突出贡献，成为公司“智能制造尖兵”。2015年在第五届全国职工职业技能大赛决赛中，一举拿下了全国职工职业技能大赛计算机程序设计员工种比赛第二名，并获得“全国技术能手”称号。2019年4月荣获“全国五一劳动奖章”。

赞工程师赵旋

陈先进

钻进编程攀数字，智能制造亮湘钢。
攻坚不问功名事，一网情深意气扬。

临江仙·赞智能制造能手赵旋

刘建铁

自古湘潭人杰地，江流十里钢城。火花日月一天星。智能襄制造，国企集豪英。

衡器精良宏世界，称量传感兼屏。书山学海览编程。攻关赢创效，小赵作尖兵。

大国工匠赵旋

刘湘宏

钢城儿女写风流，技压群雄最是牛。
暑热寒霜多故事，匠心独具壮鸿猷。

盛先顺：电机检验奇迹创造者

盛先顺，1964年11月生，湖南郴州人，中共党员，曾任南防集团郴州华安电机公司检验员，在职期间，他勇挑精车端盖技术难关，匠心独运革新工艺，创下四年零废品纪录。更胸怀大局，慷慨传授年轻技工宝贵经验，坚持为企业长远发展培养人才，展现无私的师者风范。2020年获评“湖南省劳动模范”。2021年，面对个人失业的逆境，他展现出共产党人的坚韧与乐观，迅速于郴州市金艺物业服务公司再就业，担任医院保安一职，一如既往地倾注热忱，勤勉尽责，默默发挥价值，诠释了劳动者的高尚情操与责任担当。

赞检验员盛先顺

黄伍林

攻坚常碰硬，心细克难关。
莫道车刀利，还须技艺专。

赞盛先顺

雷海军

本是公司检验员，却来一线苦钻研。
四年创下无疵品，工匠精神当永传。

刘丽群：创新一线的排头兵

刘丽群，1969年10月生，湖南益阳人，湖南艾华集团股份有限公司后道工序工段长。她爱岗敬业、认真务实、勇于创新，是艾华集团有着29年工龄的老员工，公司一线员工中的一面旗帜。2013年荣获“湖南省芙蓉百岗明星”称号，2016年获评“益阳市十佳女职工标兵”，2017年“全国五一劳动奖章”获得者。

菩萨蛮·访创新达人刘丽群

丁丽萍

凭君多少青葱梦，年年砥砺佳音送。巧手问如何，女儿故事多。

小城花烂漫，最爱芙蓉灿。一朵正娉婷，芳菲万里程。

【中吕·山坡羊】赞劳模刘丽群

郭再仙

适逢新时代，来听潮澎湃。蛾眉放下娇姿态。勇登台，展奇才。创新路上雄心在。一任风云情未改。龙，缚过来；星，摘下来。

张　颢：网状合金的开拓者

张颢，1979年3月生，甘肃甘谷人，工学硕士，高级工程师，中共党员，现任株洲硬质合金集团有限公司钻掘工具专业总师。扎根科研一线15年，坚持科研创新，取得骄人成绩。先后被评为“株硬集团先进工作者标兵”“株洲市青年岗位能手”“株洲市劳动模范”“株洲市科技领军人才”“第三届全国有色金属优秀青年科技奖”“中国钎钢钎具三十周年杰出贡献人物”。2020年获评“湖南省劳动模范”。

采桑子·赞网状合金发明人张颢

郑德之

合金网状张工创，品类齐全，品质超前，煤海油田捷报传。

掘机挺进岩层碎，地铁萦牵，高铁穿山，削铁如泥都等闲。

赞网状合金发明人张颢

郑德之

湘江北去浪如花，厂出英雄众口夸。
早有合金名世界，还从网状铸新牙。
三更忽起灵光妙，十载坚持志气嘉。
报国心追钱学士，喜看硕果遍天涯。

张丽青：碎石堆里开出黄金花

张丽青，1976年3月生，湖南新邵人，湖南新龙矿业有限责任公司质检中心制样员，农民工。坚守一线14年，提出多条整改意见被公司采纳，在简化操作的同时，也消除了安全生产隐患。2020年获评“全国劳动模范”。

赞矿山铿锵玫瑰张丽青

谢卫民

不悔长年苦累脏，矿山岁月弃红装。
工装型号虽然小，挺起湘金硬脊梁。

赞矿业员工张丽青

李文林

青春十载不言愁，矿石连心梦未休。
从简有方知大道，龙山载誉砥中流。

王浩宇：锌焙烧技术能手

王浩宇，1982年10月生，四川自贡人，硕士研究生学历，高级工程师，2009年毕业于中南大学冶金科学与工程学院，现任湖南株冶有色金属有限公司锌焙烧厂厂长。2017年以来参与湖南省重点工程项目中国五矿集团铜铅锌基地30万吨锌项目的建设、投产和世界最大、最先进的两台沸腾炉整改完善工作，通过开拓创新和不懈的努力，实现当年投产当年达产达标，创造了行业奇迹，取得了巨大的经济效益。2019年荣获“中国五矿劳动模范”、2020年获得“湖南省劳动模范”等荣誉称号。

冶炼劳模王浩宇

易作宏

奉献青春锌焙烧，搬迁更立大功劳。
精严管理钻科技，冶炼炉前身影骄。

赞劳模王浩宇

康春花

高工务实正当年，来往衡楮两地牵。
抚老何妨三寸舌，建新不惧百尘烟。
冶金达产酬宏愿，治废优标足大贤。
忘我无私拼一搏，民安国富再扬鞭。

胡文胜：矿井中一块燃烧的煤

胡文胜，1968年9月生，湖南双峰人，中共党员，高中学历，现任湖南省煤业集团红卫矿业公司坦家冲煤矿机掘队队长。自1987年7月参加工作以来，一直从事岩巷掘进工作，个人累计开拓巷道230多个，总进尺超过17000米，查处各类安全隐患3320个。先后获得湖南省首届国有监管企业职工技能大赛巷道掘进第一名、“湖南省技术能手”、“湖南省五一先锋”、“湖南省技能大师”、“全国技术能手”等多项荣誉。2020年被评为“湖南省劳动模范”。享受湖南省政府特殊津贴。

【仙吕·太常引】湘煤采掘工匠胡文胜

刘龙文

大师能手美名隆，被评五一先锋。技术一流雄，为祖国争光立功。（幺）采煤下井，攻关抢险，处处劲冲冲。创样板勋丰，材料省时时为公。

【正宫·塞鸿秋】湘煤采掘工匠胡文胜

李海松

湖南五一先锋靓，大师能手红旗傍。采煤掘进连番上，攻关抢险平安创。带头巷道忙，样板工程棒，节银省料人欢畅。

刘玉兵：创造采矿奇迹的人

刘玉兵，1969年12月生，湖南益阳人，湖南安化渣滓溪矿业有限公司采矿厂采掘区采矿班班长。2014年10月，他带领班组一个月开采锑矿石359.94吨，折合锑金属量125.17吨，完成采矿厂下发的月任务的357.62%，打破安化渣滓溪开矿108年来班组单月采矿纪录。2020年被评为“湖南省劳动模范”。

西江月·赞采矿班长刘玉兵

曾敢想

头顶一轮红日，足行百里森林。满天云海是胸襟，班长肩挑大任。

沟壑深埋宝藏，溪流似抚瑶琴。神查细测得真金，此乃人间精品。

西江月·记采矿班长刘玉兵

丁丽萍

井下生涯谁记？韶华三十余年。总凭奇迹拓新天，赢得星光灿烂。

多少艰辛过矣，几番超越欣然。梅山来听美名传：家国还凭硬汉。

赞采矿班长刘玉兵

徐德纯

领班采矿总痴情，身漫灰尘眼独明。
地底阴沉操巨擘，最高单产汗凝成。

陈龙水：从普通工人到“土专家”

陈龙水，1976年10月生，湖南麻阳人，高中毕业后，南下打工。2010年11月，进入永州市祁阳海螺水泥有限公司工作。2014年7月，海螺集团借调技术能手陈龙水到邵阳云峰公司安装改良调试生产设备，帮助企业恢复生产。现为邵阳市云峰新能源科技有限公司水泥分厂发运工段工段长。2020年获评“湖南省劳动模范”。

礼赞降耗提效圣手陈龙水

钟九胜

云峰麾下一神龙，学得猴王缩骨功。
机器腹中清故障，节能增效展雄风。

礼赞降耗提效圣手陈龙水

彭桂莲

云峰麾下一神工，太上炉中练硬功。
降耗节能称圣手，丹心一片写初衷。

邹　彬：从小砌匠到大工匠

邹彬，1995年8月生，湖南新化人，2016年加入中国建筑五局总承包公司，现任项目质量总监，获第43届世界技能大赛中国区砌筑项目冠军等。曾经的“留守儿童”，从一名跟着父母在工地打拼的泥瓦工，成长为第十三届全国人大代表、中国工会第十七次全国代表大会代表、湖南省总工会副主席(兼职)，中国建筑集团团委委员。荣获“全国劳动模范”“全国优秀农民工”等称号。

赞大国工匠邹彬

曾昭廉

蒙尘挥汗布衣兵，竞技高台四海惊。
一把砌刀走天下，峥嵘华夏又添名。

赞全国劳模邹彬

阳宝林

巧垒砖墙轻舞刀，十年一日不辞劳。
成功应是勤中取，敢射红心夺锦袍。

孟德良：泥工的蜕变与升华

孟德良，1980年生，湖南宁乡人，湖南海通建设有限公司泥工班班长，技师。一把小砌刀砌出“精彩人生”，20余年来，一路耕耘，实现从泥工到师傅、从普通工人到“工匠”的蜕变和升华。先后获“湖南省劳动技能竞赛百优工匠”、“湖南省技术能手”、全国职工职业技能大赛砌筑工决赛季军、“湖南省五一劳动奖章”、“全国住房城乡建设系统劳动模范”、“全国劳动模范”等荣誉。

题砌筑劳模孟德良

王振远

炎天曝日立高台，细抹匀铺汗满腮。
大厦初成酬社稷，新居入住乐童孩。
胶泥可替和灰使，板块欣同积木堆。
莫道抛砖方引玉，抛砖人是栋梁材。

砌筑劳模孟德良

何　漂

年轻多是苦来尝，学以功成报故乡。
幸福人家灯火里，安居有我写华章。

虞美人·题劳模孟德良

刘　文

异形切割真功见，全靠平时练。一砖一瓦一张图，成就农民子弟变劳模。

沙灰今日胶泥替，崛起新工艺。三皮一吊几人知，笑看万家灯火映窗时。

劳模孟德良

李登奇

严师自古出高徒，伯乐邻家识凤雏。
郢匠挥斤浮世绘，湘工夺冠紫天都。
千年祖业推新技，一把砌刀垂楷模。
燕子衔泥垒窠窟，不辞风雨效微躯。

赞“砌筑状元”孟德良

谢卫民

泥匠生涯砺不休，挤揉刮甩夏还秋。
灰刀信是马良笔，绘出斑斓五凤楼。

周科明：砌筑领军人

周科明，1967年12月生，湖南宁乡人，中共党员。2003年9月加入华程建设公司从事施工管理工作。以三代祖传技艺为实践基础，以夜校攻读为理论提升，他从普通砌筑工逐步提升到项目总工。获得“湖南省技术能手”“湖南省‘十行状元、百优工匠’竞赛活动砌筑类‘百优工匠’”“湖南省五一劳动奖章”“湖南省劳动模范”等荣誉。

题周科明

王振远

磨刀不误砍柴工，资福窑开梦未穷。
百里山乡燃宿火，十年身手试新风。
砌来砖瓦浮雕出，辟就园林瑞气隆。
一笑欣迎骚客至，诗联养眼碧霞中。

砌筑劳模周科明

易庆安

砌刀灰铲伴行囊，催趁朝阳复夕阳。
资福窑膛红韵在，霜侵两鬓志犹昂。

题劳模周科明

何　漂

励志泥工出杰才，梦圆广厦尽颜开。
而今荣誉墙头挂，都是青春苦练来。

砌筑工匠周科明

田军成

土脸灰头一匠才，添砖加瓦造楼台。
筑来广厦百千座，且博苍民笑口开。

鹧鸪天·题周科明

王罗方

少时抛砖上高墙，白头仍作建房郎。片刀一把尺舒卷，规矩心存任意狂。

生态块，混砂浆，横平竖直巧雕窗。缝灰昨改胶泥料，敢为天人造殿堂。

白建明：砌筑能手

白建明，1981年3月生，四川广元人，专科学历，湘乡市建设工程有限公司施工员，技师、中级工程师。早年因家贫辍学，一路工作学习均无所成，后学习砌筑手艺，通过刻苦钻研，比赛角逐，最终成长为省级技术能手。先后获得“莲城工匠大师”“湖南省技术能手”“湖南省五一劳动奖章”“全国五一劳动奖章”等荣誉。

西江月·颂建筑施工员白建明

刘建铁

汗搅灰泥勾缝，心仪砖石成墙。曾携夜月拥朝阳。一代泥工大匠。

岁月静融涟水，青春摇曳湘乡。俚歌曲里美名扬。誉表劳模榜上。

致“泥工状元”白建明

周　立

营造专家白鲁班，泥工考得状元还。
重圆子美南柯梦，广厦安然千万间。

建筑工人白建明

胡　晖

蜀山风景好，湘水愈多情。
岂负佳人意，犹成巧匠名。
监工头顶月，喝彩耳边莺。
夜半歌声起，爱拼才会赢。

竹枝·全国建筑技术能手白建明

李文勇

轻把砖头垒上天，疾风骤雨梦依然。泥刀留下鲁班韵，笑口常开楼宇间。

咏一线砌筑工白建明

罗再贻

挥刀工地筑华楼，热汗和泥岁月稠。
小匠潜心成大匠，一砖一瓦展风流。

【注】刀：这里指瓦刀。

泥工状元白建明

吴晓晖

安全为重利名轻，砌筑功夫精益精。
泥匠刀如状元笔，万千广厦写升平。

蒋绮云：高分子材料研制专家

蒋绮云，1966年11月生，云南人，就职于际华三五一七橡胶制品有限公司，橡胶技术首席工程师，九三学社成员。从事高分子材料的研究和应用工作30年，在她的带领下，工作室主导研制的“耐250℃高温特种作业鞋”已成功被某军采用，填补了国内空白。“用于输送直接饮水橡胶密封圈”成功通过英国WRAS环保认证，是我国首个通过该项检测的产品，开了我国直饮水密封件走向欧美市场的先河。“三元乙丙橡胶密封件”经国家权威机构检测，使用寿命可达120年，创造了“百年胶圈”的奇迹，该成果达到国际领先水平，填补了我国该项技术的空白。获得“全国五一劳动奖章”“湖南省劳动模范”“橡胶工业优秀科技工作者”等荣誉。享受国务院政府特殊津贴。

赞“橡胶密码”破译者蒋绮云

胡贵程

破密橡胶研不休，高分材料写风流。
领旗行业潮头立，逐梦高端榜上优。
为国补填多项空，替军解决几重忧。
绮云彩映长天半，巾帼英雄我辈讴。

【中吕·快活三带朝天子四边静】赞劳模蒋绮云

解建军

巴陵绮云芳，劳模值赞扬。女中豪杰好风光，工匠殊荣享。（带）气昂，赞扬，最美劳模靓。石化基层，工程师棒，橡胶行业强。这方，那方，项目科研上。（带）胶鞋“三脱”，解决跟班三载忙。你看那三元乙丙疏化论证。再看那耐高温鞋填国空挡。心中楷模，时代值钦仰。

黄碧云：电子技术攻关模范

黄碧云，1983年生，湖南洞口人，中共党员，2006年参加工作，现任武冈市永锐电子公司技术员兼工会主席。十多年来，黄碧云无论在什么岗位、遇到什么情况，在困难面前不低头、艰险面前不退缩、重任面前不懈怠，攻坚克难，取得了一项又一项成绩。2020年被评为“湖南省劳动模范”。

行香子·点赞劳模黄碧云

朱小武

楚地精灵，岗位明星。农民工梓里躬行。勇于技术，贵在真诚。恰一帘风，一团火，一冬晴。

平凡岁月，青春作证。应浩然时代之声。不消其志，不枉其名。更女儿红，心儿亮，乐儿馨。

鹧鸪天·赞劳模黄碧云

唐国光

放眼蓝天见碧云，回看园地溢清芬。公司永锐呈兴盛，科技研新铸大勋。

担重担，负千斤。终生无悔致于勤。热光泼洒无穷尽，天道尤怜奋勉人。

喻树洪：铢积寸累炼出“维修宝典”

喻树洪，1972年生，湖南长沙人，湖南中烟工业有限责任公司长沙卷烟厂卷包车间包装工艺技术管理员。致力于“把脉问诊”机器设备，为企业创新创效。他从大大小小的故障中总结出一套通用设备维修方法，成为维修人员手中的“维修宝典”。2007年获得“全国五一劳动奖章”，2015年获评“全国劳动模范”。2021年获得“全国技术能手”称号。

劳模喻树红

文　雯

不分天气寒和暑，小孔精研朝与暮。
一颗螺丝妙曲吟，维修宝典奇功铸。

沁园春·赞劳动模范喻树洪

欧阳卫平

卷包车间，密集设备，昼夜轰隆。把千姿百态，整齐划一；五颜六色，燮协相同。多少烟农，几多汗水，金叶源源曲卷中。忽惊讶，看长机流转，不显疲容。

最愁养护难攻，脱颖出、精英喻树洪。撰维修宝典，业间荣誉；噪音治理，行外登峰。三秩勤心，一身健胆，浸润长烟香叶红。为强国，感光阴紧迫，独有情钟。

袁建华：电气技术领军人

袁建华，1970年2月生，中共党员，湖南中烟常德卷烟厂一车间电气技术员，湖南汉寿人。获得“基于HT水分补偿的前馈和反馈的叶丝干燥方法燥方法及系统”等国家专利共计7项，其中发明专利2项，实用新型专利5项。作为领军人物建立了湖南省劳模创新工作室示范点，完成“搭建高速机电气技术实验平台”等5项劳模创新工作室项目。坚持致力于人才培养与传帮带，完成“AB集成运动控制系统”等12项培训教案编写并组织培训。先后获得“湖南省烟草技术能手”“湖南省劳动模范”“全国五一劳动奖章”“全国劳动模范”荣誉。

【中吕·满庭芳】赞全国劳模袁建华

傅祖伟

胸怀梦想，心装工厂，甘愿奔忙。劳模出彩专家棒，无限荣光。抓电气初心不忘，破难关勤奋担当。公司旺，共同向往，盛世续辉煌。

鹧鸪天·赞专业技术员袁建华

吴蓉蓉

奉献无私业绩勋，风华一代智能人。调研设计唯求准，鼎力攻关为创新。

凝气魄，铸精神。中烟制造耀乾坤。领军行业擎旗手，永葆初心本色真。

田惠兰：新型装封箱模式创新者

田惠兰，1968年12月生，湖南郴州人，湖南中烟工业有限责任公司郴州卷烟厂技术员。针对装封箱模式存在质量信息难以追溯的问题，创新采用新型装封箱模式，实现条烟生产全程追踪、各规格卷烟柔性共线，这一技术的实施成为烟草行业新亮点。经手的技术创新和攻关项目累计为企业节约2481.36万元。2020年被评为“湖南省劳动模范”。

赞技术员田惠兰

黄伍林

莫道车间小，人生大舞台。
平凡流水线，身手展英才。

赞劳模田惠兰

谢久吉

追梦云端历险途，攻坚克困绘新图。
包装日月怀天下，柔若幽兰劲似竹。

杨　志：挺进国家级竞赛

杨志，1990年6月生，湖南湘潭人，中共党员，高级技师，就职于常德烟草机械有限责任公司。参加工作以来，他扎根一线，兢兢业业、刻苦钻研、积极创新，在平凡的岗位上创造着不平凡的业绩。获得“常德烟机年度考核优等员工”“常德烟机模范员工”“常德十大杰出工匠”“常德十大杰出青年”“常德市劳动模范”“湖南省五一劳动奖章”“湖南省劳动模范”“全国优秀共青团员”“全国技术能手”等荣誉。

【仙吕·太常引】赞全国技术能手杨志

杨大成

青春无悔竞风流，机电显神筹。梦想在心头，数控技争当上游。（幺）攻关克苦，技惊四海，华夏赤心酬。楚地占魁遒，大国匠儿光彩留。

咏烟机操作工杨志

雷　波

校园研学渐融通，初出茅庐小技工。
操弄机床心有窍，创新设备智无穷。
坦途才露绵绵力，坎坷方知漫漫功。
不悔青春磨砺苦，大鹏展翅驾长风。

谢清峰：助推中国炼油水平跨入世界前列

谢清峰，1966年8月生，长岭炼化公司炼油工艺专家。从事炼油技术工作30多年，带头解决重大生产和技术难题31个，参与装置工艺运行技术标定和问题解决43次，发表具有影响力技术论文26篇。致力加氢脱硫技术，攻克液相加氢国外垄断技术，为长岭炼化公司走在建设世界一流能源企业前列做出了突出贡献。获“全国五一劳动奖章”“湖南省劳动模范”“湖南省优秀共产党员”“中国石化突出贡献专家”“全国劳动模范”等荣誉。享受国务院政府特殊津贴。

【正宫·塞鸿秋】赞谢清峰

易国云

劳模室内排头雁，群英荟萃鸿文撰。核心理念光辉灿，油城硕果神州赞。精神高地登，后秀花苞绽，奖章渗透多年汗。

赞全国劳模谢清峰

汤庚平

蓝衣短发倔如牛，闯创何甘止脱硫。
致力加氢无日夜，潜心著述有春秋。
诚将血汗填装置，早把韶华付石油。
薪火传来齐踔厉，争雄岂肯让西酋？

【注】加氢，系指液相加氢技术，过去一直被美国杜邦公司所垄断。谢清峰小组经反复试验，攻克了这一技术难关。

周国强：炼油装置安全卫士

周国强，1966年3月生，中石化长岭炼化公司炼油二部常催区班长。在一线工作32年，熟知炼油工艺、精通炼油操作，多次参与装置重大技措改造与革新，多次发现和处理事故隐患，保证了装置的运行安全，被领导和同事称为装置“安全卫士”。2020年获“湖南省劳动模范”称号。

鹧鸪天·致劳模周国强

丁金波

大爱深耕炼化乡，穿林剪叶汗盈行。匠心护脏机声悦，妙手施针体态康。

家国梦，技能王，油龙卷浪自清扬。卅年秋月调成墨，一任青丝染白霜。

炼油装置革新能手周国强

张赛龙

一心强国付深情，卅载修来技术精。
装置革新除隐患，安全卫士是芳名。

赞劳模周国强

廖俊林

潮流敢弄志刚强，技术攻关谱锦章。
守护安全排隐患，油花溅起梦花香。

【双调·蟾宫曲】赞劳模周国强

汤小新

是能人不是神仙，一线精工，勤奋钻研。工艺精通，熟无差别，润世能燃。三十载频繁转辗，数千张成就空前。点滴新鲜，排患排难。业绩无边，绝对安全。

施迎春：环己烷氧化高压控操能手

施迎春，1972年1月生，中国石油化工股份有限公司巴陵分公司己内酰胺部环己酮装置班班长。参加工作30年来，扎根一线，钻研技艺，练就了过硬的岗位安全生产技能，荣获“湖南省五一巾帼奖”。2020年被评为“湖南省劳动模范”。

【中吕·十二月带尧民歌】颂劳模施迎春技师

方克平

抓管理坚深认真，蹲车间苦练生根。研技术推陈出新，搞试验始末亲巡。对青工精心诲谆，（教学徒）全力耕耘。（带）几分坚守献人民，多次辛劳报春恩。腔腔热血奉乾坤，寸寸柔肠步前尘。欢欣，九州巨匠神，华夏天工奋。

【正宫·塞鸿秋】赞劳动模范施迎春

赵元珍

一名技校学生棒，一直一线工岗上。一丝不苟求精创，一心独运成工匠。英雄得表彰，儿女当学样，迎春花引春光盎。

赞劳模施迎春

竺先姣

己酮提炼细工多，游刃有余勤钻磨。
精准制衡关键点，平凡岗位栋梁歌。

【中吕·快活三带朝天子】赞劳模施迎春

邓自华

钻研竞吐芬，技艺更求真。洞庭花绮艳迎春。（带）敢耘，力耘，寒暑心无愠。情钟一线廿年遵，作业争先奋。细致精勤，高怀朗俊，德馨逐日新。懋勋，授勋，云梦芳名韵。

王华香：蓝天印锦绫

王华香，1976年6月生，湖南东安人，中共党员，湖南奔腾文化创意股份有限公司生产部部长。用青春和热血，在彩印生产的道路上披荆斩棘，从一名大山农民成长为车间排版员、机长、业务员，再到生产车间主任。获得2015年“全国优秀农民工”、2019年“湖南省五一劳动奖章”、2020年“全国劳动模范”等荣誉。

【双调·水仙子】赞全国优秀农民工王华香

陈意生

平凡爱岗口皆碑，一个民工一杆旗。流程技巧工匠帜，辛勤筑梦威，奔腾敬业生辉。先行者，印匠王，廿六年睽。

赞“蓝领工匠”王华香

谢卫民

一生勤奋付奔腾，馥郁梅开百丈冰。
群雁齐飞头雁领，蓝天印出锦和绫。

詹德清：电气专家

詹德清，1973年8月生，湖南澧县人，中共党员，大学学历，电气工程师，高级技师，现任常德金鹏印务有限公司设备动力部电气专家。先后开发"模切机边料远程风气输送自控系统""裁切机物料升降系统"，首创"凹印机光油光标盘套准方法"，与德国STEUER AG公司联合开发一种主动倒卷并再次合压不漏烫、不重烫的卷筒纸定位烫设备等，在国内包装印刷行业得到推广应用。主导研发"卷筒纸模切机在线检测与剔除技术"项目，荣获湖南省科技进步二等奖，并由中科院院士组成的全国专家评价为国际领先技术。项目关键技术已获得了国家发明专利10件，软件著作权1件，实用新型专利5件，颁布行业标准1件。技术成果应用在湖南、广东、安徽、浙江等国内多家重点印刷企业，引领印刷行业智能化发展。于2006年获"湖南省技术能手"称号，2007年获评"中国设备工程专家库专家"，2018年获"全国技术能手"称号，2020年被评为"湖南省劳动模范"。

【双调·折桂令】赞高级技师詹德清

刘经平

他平生志向金鹏，自我提升，业务精通。凹印机光，标盘套准，国内推崇。其成果专家认同，其技能跃上高峰。坚守初衷，攻克难题，效益登丰。

浣溪沙·赞劳模詹德清

商中贤

辈出人才澧水河，轻风吹拂起微波。金鹏印务正祥和。

凹板岂无深秘处，詹工自有发明多。劳模事迹谱新歌。

【双调·雁儿落带得胜令】赞印刷专家詹德清

徐尊安

德清印刷家，电气学称霸。解除故障查，套色包装化。（带）壮志绽奇葩，仗剑走天涯。科技添金瓦，公司披锦霞。才佳，鹏印昂扬跨。油加，先锋人尽夸。

彭仕财：新时代的“毕昇”

彭仕财，1984年10月生，湖南岳阳人，高中学历，岳阳市大地印务公司1号机组机长。2012年，被授予“湖南省优秀农民工”称号。2013年被授予“湖南省五一劳动奖章”。2020年被评为“湖南省劳动模范”。

赞农民劳模彭仕财

蔡均瑞

砥砺期于印务兴，打工脱颖耀巴陵。
攻坚敢奏冲锋号，解惑甘当引路灯。
十万文辞心得汇，三千日夜艺才增。
芙蓉国里劳模榜，载誉农家出毕昇。

赞印务农民工劳模彭仕财

刘康庆

纸印三千史，文明又刷新。
淘沙追浪尽，独爱是农人。

礼赞劳模彭仕财十九韵

宋深红

解牛弄斧功，几分通稼穑。
是以惊世贤，未必出王谢。
莫道巴陵足，一般存僻野。
双亲望仕财，可怜少全瓦。
幸得子高瞻，自小淡玩耍。
牛角挂汉书，岂无后来者。
争知学废荒，半途逢傺侘。
二九辞故园，别泪黯挥洒。
他乡一何疏，当道谁能假。
既难惠杨素，不肯退而罢。
飞鞚过广漠，焉容解鞍马。
吴下有阿蒙，专研无昼夜。
数度变星霜，手卷盖诗画。
洋洋百万资，欲增如闲跨。
印务乃井然，故主忧待价。
神州名鼎鼎，不许居人下。
我本楚接舆，向来趋附寡。
风歌非谀词，况不与轻舍。
而今为之子，即情肃然写。

赞农民工劳模彭仕财

周国兵

上下五千年，文明不夜天。
改良编印技，无欲苦攻坚。

龙吉珍：纱线编织精彩人生

龙吉珍，女，1972年11月生，湖南洪江人。湖南金丰纺织集团洪江有限公司细纱挡车工。先后对“U”纱系列品种的紧密纺等操作技术上创新，实现了生产定额和质量的突破。经过长期的摸索，龙吉珍创造左右手同时配合的“抵管快速接头”操作法，细化了“四查五看”的具体要领，提高了操作速度。2009年荣获“湖南省巾帼建功标兵”称号，2014年荣获“芙蓉百岗明星”称号和“湖南省五一劳动奖章”，2016年荣获“全国五一劳动奖章”和“湖南省劳动模范”，2020年荣获“全国劳动模范”。

赞细纱挡车工龙吉珍

曾有赓

一名小小挡车工，敬业人生谁与同。
剪水裁云铺淑景，接纱拈线织春风。
已将心事交明月，更把年华化彩虹。
巫水欢腾歌女匠，天南地北赞英雄。

写给纺织女工龙吉珍

姚元智

光阴捻线月抛梭，谱做人间锦绣歌。
织女心知输手艺，终年不敢过银河。

赞“巫水纱花”龙吉珍

谢卫民

三十余年捋乱麻，手磨血泡度韶华。
传帮带教巫江妹，纺出心中洁白花。

杨美秀：后纺车间里的高手

杨美秀，1968年6月生，湖南津市人，湖南娄星纺织有限公司后纺车间丙班班长。2017、2018年分别荣获“常德工匠”“常德市劳动模范”称号，2019年荣获“常德市三八红旗手”，2020年荣获“湖南省三八红旗手”称号，2020年荣获“湖南省劳动模范”称号。

【中吕·普天乐】赞纺织劳动模范杨美秀

唐云英

澧河边，阳光下。一朵芙蓉绚烂，十分俏丽芳华。美人儿手艺精，勤编巧织匀而雅。善举丹心传佳话，克时艰工厂为家。汗凝岁月，爱岗敬业，笑傲烟霞。

赞纺织劳模杨美秀

毛先梅

三班轮转伴生涯，机杼声声绽丽华。
千丝织就无穷锦，一念催开奋斗花。

【越调·天净沙】题纺织工匠杨美秀

瞿梅初

纺纱织布求佳，厂房当作新家，汗水如同雨下。辛劳岂怕，整天欢笑如花。

张全会：筒摇挡车技术能手

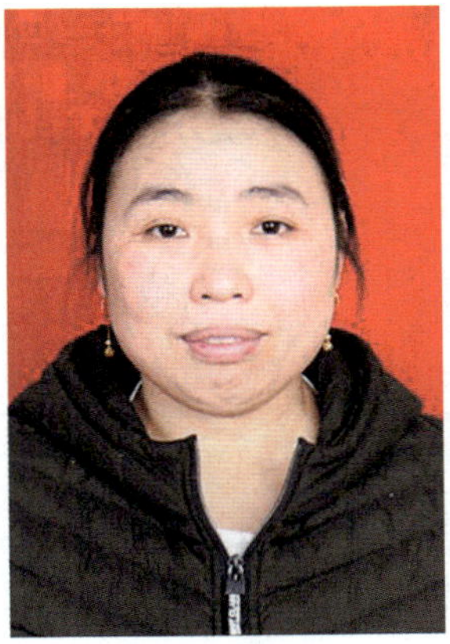

张全会，1981年3月生，湖南常德人，湖南云锦集团股份有限公司筒摇车间挡车工，一直工作在筒摇挡车这个苦、脏、累的普通岗位上。痴心不改，不仅使自己成为全公司闻名的技术能手，而且创造了数目可观的经济效益，多次获评公司优秀员工。先后获得“湖南省劳动模范”“全国五一劳动奖章”荣誉。

西江月·赞五一劳动奖章获得者张全会

罗艳丽

追梦扬帆兰质，钟灵巾帼多姿。匠心巧手织云霓，十载披星忘己。

技胜黄婆敬业，流芳岁月如诗。平凡岗位创神奇，守信修身敬佩。

【注】黄婆：黄道婆，宋末元初著名的棉纺织家、技术改革家。

赞纺织女工张全会

康存波

一双巧手织芳华，惊诧银梭绸缎纱。
不觉东方浮旭日，纤纤玉指染红霞。

鹧鸪天·赞劳模张全会

雷光银

驭骋机台夏复冬，溯因纠错显神功。怀兜清梦织云锦，手舞银纱绽笑容。

思来路，问摇筒，几多甘苦不由衷。机轮总伴年轮转，编织人生似火红。

赞纺织工匠张全会

李基平

天孙云锦出，织梦意无涯。
自有天聪慧，何须命彩排。
蚕心明似雪，月色静犹佳。
伏虎凭身手，风光扑满怀。

【注】伏虎指张全会擅驾“老虎机”。

尹艺霖：做“臻”品护佑安康

尹艺霖，1972年9月生，女，民革党员，湖南湘潭人，大学本科学历，现任湖南臻和亦康医疗用品有限公司董事长兼技术部工程师。她坚持锐意创新，带头成立技术研发部，短短几年时间，累计取得30项国内专利，4项国际专利，参与4项国家标准、行业标准的起草与修订。先后荣获“全国创业之星”“优秀智库专家”“湖南省三八红旗手”“创新高新先进人物”等众多荣誉。2020年获得“湖南省劳动模范”荣誉称号。

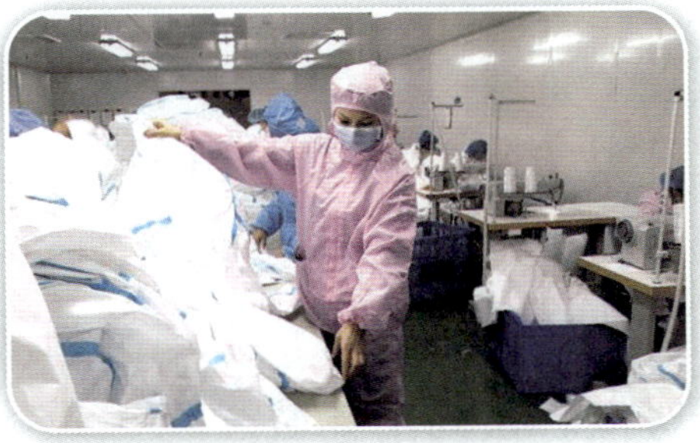

赞湘女尹艺霖

彭崇谷

啧啧赞誉向英模，纳米新材特效多。
厚利万千抛脑后，休得小眼看巾帼。

致劳模尹艺霖

吴晓晖

天使无私施妙手，家邦有难见丹心。
蛾眉不让须眉志，救急争先轻万金。

临江仙·快马出莲城

李文勇

夺秒争分惊月醒，车间灯火通明。一丝不苟寄深情。风寒露重，汗水湿香缨。

国难之时平日价，不图暴利浮名。时艰携手逐春生。云开雾散，快马出莲城。

李国武：打造生态型食品加工厂

李国武，1969年生，湖南临湘人，湖南省临湘市十三村食品有限公司总经理，高级经济师、国家一级摄影师。曾是临湘供销系统的一名下岗职工，下岗后坚持自己的理想信念，开始自主创业，取得了一定的经济效益和社会效益，实现了自己的人生价值追求。先后荣获“全国优秀五星级志愿者”“全国五一劳动奖章”“全国诚信之星”“全国劳动模范”等荣誉，并两次受到习近平总书记的亲切接见。

致敬全国劳动模范李国武

向阳光

罐罐坛坛酱贵珍，香菇入馔味清醇。
东方奶酪销中外，口口吞咽味沁人。

【注】东方奶酪，即豆腐乳。这是中国独有的一种大豆发酵食品，在世界发酵食品中独树一帜，被西方人称为“东方奶酪”。

豆豉红椒酱感纯，色泽好看又均匀。
窖藏万罐千家爱，味溢乾坤馥醉人。

向　阳：建模“老五甑”

向阳，1968年2月生，湖南桃源人，中共党员，大专学历，高级技师，现任湖南德山酒业营销有限公司酿造车间主任。他于1989年从湖南省轻工业专科学校食品发酵专业毕业分配到常德市德山大曲酒厂工作，2001年被湖南酿酒协会授予“酿酒师”的称号，2011年通过中国轻工业职业技能鉴定指导中心的考评，被评为高级技师。从2016年开始车间进行“老五甑”工艺推广项目，建立了老五甑工艺效益模型，提高出酒率2个以上百分点，提高优酒率9个以上百分点。先后获得“湘酒优秀工匠”“湖南省五一劳动奖章”“湖南省劳动模范”等荣誉。

【中吕·满庭芳】赞酿酒师向阳

聂　俊

沅河窖藏，武陵醇酿，仙阙琼浆。举樽欢饮夸工匠，满口余香。锻精品曾怀梦想，铸名优久历风霜。瑶波漾，丹心向阳，岁月写沧桑。

赞酿酒师向阳

周运来

德山有德出名师，酿就琼浆满窖池。
恳恳穿靴观发酵，频频挥铲费劳思。
倾情自把年华献，竭智当须技艺施。
勤奋感人终有报，芳醪极品普天知。

水龙吟·工匠向阳

袁瑞林

潜心攻读终成器，奋斗功成名就。创新工艺，千锤百炼，只为酿酒。牢记初衷，继承传统，谦恭仁厚。喜技术攻关，登峰造极，成工匠，超高手。

自古德山锦绣。水清明，漫山碧透。武陵妙品，典藏小秘，天长地久。四海飘香，刘伶青睐，杜康盟友。念辛勤汗水，金波浩荡，叹君优秀。

鹧鸪天·赞向阳

鄢　洁

酿酒名师好向阳，德山曲水正流觞。三杯欲解愁中事，五柳应惊泉下香。

灯影动，匠心扬。几回独品试良方。数年探索圆清梦，天上人间第一坊。

刘中强：精酿玉液

刘中强，1964年10月生，湖南邵阳人，现任湖南省邵阳市湘窖酒业酿酒车间班长，1985年进邵阳市酒厂，35年来他艰苦奋斗，一步一个脚印，一生中最重要和美好的时光他都只在做一件事——用心酿酒，积累了丰富酿酒经验，已经成为湘窖酿酒公司的技术骨干。2018年荣获“湖南省五一劳动奖章”，2020年获评“湖南省劳动模范”。

赞劳模刘中强

陈建湘

窖酒精研卅五年，涵濡梦境寸心绵。
耽勤只为香天下，佳酿浓情入盛筵。

赞酿酒师刘中强

卿慎言

敬业忠诚一颗心，精研玉液更甘醇。
擂台博得威名震，湘窖品牌天下闻。

苏曙明：酿酒状元郎

苏曙明，1975年12月生，湖南邵阳人，现任湖南省湘窖酒业有限公司酿酒车间班长。24年来，从什么都不懂的青年到技艺成熟的酿酒师和品酒师。先后多次荣获湘窖酒业酿酒技能比武冠军、公司年度优秀员工、金东集团酿酒技能竞赛第一名、品评酒竞赛酿酒组第一名，在这些比赛中磨炼了手艺，锻炼了能力。2019年获得“全国五一劳动奖章”“湖南省劳动模范”荣誉。

何满子·赞酿酒工匠苏曙明

陈冠雄

酒业能工巧匠，中华劳动勋章。入职醅行三十载，含辛茹苦奔忙。技艺传承不断，为民奉献琼浆。

坚守崇高信仰，初心永放光芒。湘窖要情开口笑，品牌誉满湖湘。酿好坛坛美酒，五湖四海飘香。

赞酿酒车间班长苏曙明

丁志强

勇拔头筹多面手，挪腾蒸煮酒飘香。
一心敬业长拼搏，国榜留名获奖章。

赞酿酒车间班长苏曙明

萧凤菊

钻研酿酒状元郎，全国劳模获奖章。
不负初心参大赛，冠军能手誉三湘。

赞酿酒师苏曙明

李连生

匠心独酿酒香飞，缕缕随风绕翠微。
一盏逢君开口笑，斗斜月落不思归。

周 通：湘酒优秀工匠

周通，1986年8月生，湖南衡阳人，湖南雁峰酒业有限公司酿酒工。新一代的“雁峰酒酿造技艺”非物质文化遗产传承人，敬畏传统技艺，2018年湖南省“湘字号”传统技艺工匠竞赛·湘酒技能竞赛中，取得理论考试第一、上甑操作第三、综合排名第五的好成绩，成为获“湘酒优秀工匠”称号最年轻的选手。获得“湖南省五一劳动奖章”“湖南省劳动模范”荣誉。

致酒厂劳模周通

刘作良

千年回雁酒，技法有传承。
匠学精于艺，专工贵以恒。
高情怀大志，勋业创新兴。
前路元知远，争攀更上层。

劳模周通

厉文定

琼香岂止杏花村，研酥叩开回雁门。
上甑洒铺观火汽，密封蒸馏控凉温。
天无垠处艺无境，匠有心时酒有魂。
百载传人堪俊杰，非遗古法酿昆仑。

【注】1.劳模周通是“雁峰酒酿造技艺”非物质文化遗产传承人，传承雁峰古法酿酒技艺。2.酿昆仑：古有酒名昆仑觞。

周青燕：油脂技术女专家

周青燕，1972年12月生，女，湖南巴陵油脂有限公司技术部经理，2014年荣获“全国五一劳动奖章”“湖南省劳动模范”等荣誉。

题全国五一劳动奖章获得者周青燕

丁月峰

剪云裁月摘星魁，直上青天紫燕飞。
点石成金称大树，匠心巾帼胜须眉。

赞劳模周青燕

谭晓春

油质严关企业魂，国人康健系乾坤。
微查劣杂寻根究，腾跃巴陵紫燕奔。

龚建会：制粒能手

龚建会，1975年5月生，岳阳正大有限公司制粒员。从1995年进入公司，一头扎在制粒生产一线，凭借着一颗执着的心，坚守岗位26年，默默付出，从未出现产品品质事故。在正大集团中南区生产管理中心的制粒效率竞赛中荣获第一名，湖南区制粒效率比赛多次排名第一，曾经多次在公司和地区被评为“生产标兵”“优秀员工”。2021年荣获“全国五一劳动奖章”。

【双调·水仙子】赞制粒员龚建会

刘珍英

平凡岗位勇争先，制粒专攻三秩年。粉尘溶液变珠旋，消除污秽源，节原料耗省翻篇。零差错，品质妍，行业中坚。

【双调·雁儿落带得胜令】制粒劳模龚建会

陈森林

重重严把关，桶桶排忧患。调停制粒温，配料加时拌。（带）抗疫性翻番，料肉比登攀。喂畜禽超逸，饲鱼虾脱凡。从班，愿洒涔涔汗；周环，克清种种难。

赞劳模龚建会

谌郅文

奉献无私技艺强，明星闪闪耀湖湘。
辛勤廿八潜心干，执着一生斗志昂。
揽月精神研饲粒，攻坚智慧创辉煌。
人间最美大工匠，一袭青蓝佩奖章。

劳模龚建会

李红梅

风雨曾无阻，车间亦是家。
潜心研技艺，岗位献年华。
困惑终能解，热情谁不夸？
勋章沉甸甸，辉彩灿云霞。

张岳文：发电厂“口粮”的守护者

张岳文，1966年8月生，华能岳阳电厂燃料部检修班班长。30年来，在平凡的生产一线岗位上，默默地工作、不计较个人得失，用朴实的言行诠释“最美工人”的深刻内涵。2020年11月，被授予“湖南省劳动模范”称号。

电厂检修班班长张岳文

张赛龙

爱岗一往见情深，总把革新佳法寻。
为送光明抓黑炭，改装铁手捡黄金。
修机解体污沾袖，报国攻难汗湿襟。
誉满巴陵称最美，原来最美是公心。

【注】改装铁手捡黄金：指改造抓斗每年节约几十万元。称最美：张岳文获评“岳阳市最美工人”。

【黄钟·刮地风】记张岳文

周水江

巧匠精工事业成，硬是聪明。改良技艺有佳名，多少优评。革新谁造，功高谁庆。效益工人，节能良圣。名传不自矜，时经总惕兢，凤舞长鸣。

劳模班长张岳文

李红梅

煤炭与江流，燃情意不休。
极思罗万象，小改解千愁。
未觉长宵尽，何妨两鬓秋。
光明输楚地，爱业乐悠悠。

【正宫·叨叨令】赞电厂“口粮”守护神张岳文

沈造彬

洞庭湖畔洪炉旺，煤流十里传输畅。是谁机械精心养？不留隐患门神将。赞“黑子”也么哥，誉老牛也么哥，只为灯火通天亮。

【注】张岳文作为煤炭设备检修人员，一天下来，衣服手脸染黑是经常的事，同事们给他起了个外号“煤黑子”，又称他“老黄牛”。

【正宫·塞鸿秋】赞劳动模范张岳文

张克文

攻关面对迎难上，创新革改能人匠。耦合更换求精创，百般伟业高歌唱。银辉万里天，灯耀千家亮，技高专业劳模棒。

【正宫·塞鸿秋】赞电厂降本增效能手张岳文

贾罗生

白云深处芭山下，悬梁臂上无冬夏。双抓斗吊防脱架，四时点亮千家厦。节新克险关，降本成佳话，心灵最美情无价。

陈飞飞：电厂“神经科专家”

陈飞飞，1976年11月生，湖北咸宁人，长安益阳发电有限公司检修班班长。他主持或参与的公司技术改造项目，创造了良好经济效益。个人获得国家实用新型专利5项，团队获得国家实用新型专利6项，其中风机动叶连杆装置发明应用效果优于德国一线品牌产品。2020年被评为“湖南省劳动模范”。

礼赞电厂检修班长陈飞飞

郭柏魁

身居一线志犹坚，夕惕朝乾年复年。
技术攻关鹏展翼，生平敬业马加鞭。
创新改造开蹊径，收旧维修补漏船。
品若梅花香在骨，还将妙手续余篇。

省劳模陈飞飞

郑　人

劳模本是理工男，淡泊利名心自恬。
不坐机关谋吏职，甘为设备舞龙钳。
技通神解众皆羡，手到疾除人所瞻。
唯有平凡能致远，维修岗位劲频添。

张国强：守护山乡万家灯火

张国强，1973年生，湖南龙山人。1996年以来，从龙山县电力公司普通员工到供电所抢修班班长，组织完成各类维修、抢修任务上千次。先后荣获“湖南省劳动模范”、“湖南省电力公司最美电网人”、国家电网公司“为民务实清廉先进典型”、“全国劳动模范”等荣誉称号。

【正宫·脱布衫带小梁州】赞最美电网人张国强

禹丽娟

卸戎装换上工装，远洋场驻守山乡。尽心维千层电网，忘情欢万家灯亮。（带）莫讶频繁得表彰，真是繁忙。风霜雨雪太寻常，偷闲望，午夜也疯狂。（幺）除灾抢险“超人”样，每疾行脚步铿锵。父母叨，妻儿怅，警铃一响，依旧赴前方。

赞全国劳动模范张国强

粟　芳

戎装卸下着工装，退役回乡续锦章。
配电抢修身敏捷，救灾除险美名扬。

周智勇：电网“铁人”

周智勇，1965年2月生，湖南益阳人，国网益阳供电公司配电运检业务部一班班长，中共党员。32年如一日，在益阳城区电网建设、电网安全稳定运行、优质服务等方面做出了重要贡献。在2013年夏季应对罕见晴热高温天气保供电的艰苦战役中，他坚守在抢修一线，连续奋战60多个日夜，累倒在抢修回家的路上，一度停止心跳长达52分钟，经过14天全力抢救才脱离生命危险。2014年“全国五一劳动奖章”获得者，2015年被评为“全国劳动模范”。

赞高空作业电工周智勇

张导群

电缆高悬铁塔雄，一腔热血走苍穹。
为民摘得星千万，嵌在城乡百姓中。

供电抢修一线劳模周智勇

周守虎

登高手可摘星辰，汗透轻衫几度春。
写月书云兴电力，凌霜斗暑淬精神。

夏增明：电力系统发明家

夏增明，1974年4月生，湖南新邵人，中共党员，高压带电检修高级技师、送电线路高级技师、高级工程师，全国总工会劳模与工匠人才创新工作室捷明创新工作室负责人。32年来，圆满完成施工、检修工作5000多次，取得94项国家专利，其中32项发明专利，省部级以上奖励34项，发表论文60余篇，总结提炼出“夏增明现场作业培训法”。先后获得“全国劳动模范”“全国技术能手”“百名电力工匠”“国家电网优秀技能专家”“国家电网工匠”等荣誉。享受国务院政府特殊津贴。

【南吕·干荷叶】为电力劳模夏增明点赞

李　翔

电修检，巧无难，解困千千万。肯攻关，敢登攀，发明专利不平凡，本本金光灿。

【正宫·塞鸿秋】赞输电检修工夏增明

徐瑞理

翻山越岭崎岖路，风餐露宿农家住。查杆巡线零差错，迎冬保夏从无误。喜当孺子牛，甘把青春付，电驴也把丰碑铸。

张华山：电网科技创新尖兵

张华山，1963年4月生，湖南湘潭人，中共党员，初中学历，现任国网湘潭供电公司变电检修一班副班长，国网湖南省电力有限公司二级工匠。参加工作40多年，一直在变电检修岗位摸爬滚打，获得国家实用新型专利10项，省公司合理化建议一等奖5项，优秀QC成果一等奖4项，优秀职工技术创新成果一等奖3项。先后主持完成了110kV霞城、瓦子坪变电站设备改扩建等20多项重点工程。先后荣获“国网劳动模范”“国网工匠”“国网湖南工匠”“湖南省电力公司岗位能手”等荣誉，2015年获评“全国劳动模范”荣誉称号。享受湖南省政府特殊津贴。

题初中学历发明家张华山

周　立

童生尖子创发明，别路英雄非柳营。
雷电神威闲掣引，初心便是送温情。

【南羽调·胜如花】国网变电设备“首席医生”张华山

李文勇

他来了，故障除，笑把千家电送。这功夫看似寻常，换他人谁能摆弄？更休说浮夫之勇。行不言危难险重，艺在于排难妙用。巧匠之风，只为江山奉，凭双手圆平凡梦。喜创新能手沐春风，乐创新时代出精工。

张华山创新技术真空梅花触头断路器

胡　晖

电网结天罗，系来忧乐多。
指峰开与阖，脑海琢还磨。
路倩梅花引，流从云塔过。
夜深惊玉帝，谁又泻银河。

【正宫·塞鸿秋】赞变电检修工张华山

徐瑞理

爬沟登塔除难障，查屏接线排疑项。急难险重迎头上，开关电器心存账。如同售货员，又似中医匠，有他能保城乡亮。

电网科技创新尖兵张华山

吴晓晖

化繁就简克难关，妙手焉能靠霸蛮？
唯愿千家尽温暖，喜看灯火满人寰。

集句赠国网变电检修工张华山

成经满

电光晃耀无穷数，变幻风云眼未花。
检案事多关市井，不曾私照一人家。

【注】分别集自唐代钟离权《破迷正道歌》，陈元光《候夜行师七唱其四》，王建《初授太府丞言怀》，曹松《中秋对月》。

田　峥：电力国网安全尖兵

田峥，1983年10月生，湖南长沙人，国网湖南省电力有限公司信息通信分公司三级职员，高级工程师，国网公司网络安全尖兵部队干将队队长。研发的“电力监控系统安全主动防护关键技术”获湖南省科技进步一等奖；“电力网络安全红蓝对抗关键技术及应用”获国网公司科技进步一等奖。2023年荣获“全国五一劳动奖章”。

国家电网网络安全劳模田峥

刘　杰

赋能新电力，网络勇担当。
荏苒星霜度，峥嵘岁月长。
声名严玉磊，大业固金汤。
净土常坚守，安全美誉扬。

国网安全能手田峥

童中贤

一线风云潜影增，能源国网运维承。
破解异常声不露，金钟罩守万家灯。

赞全国五一劳动奖章获得者田峥

赵海燕

肩雨肩风红未稀，休辞夜夜筑长围。
方屏犹纳国之大，迷网难安事岂微。
道远为民多忍性，心明如镜敢忘机。
不知月隐西楼外，推牖星辉落满衣。

水调歌头·赞国家电力网络安全尖兵田峥

孙献文

情有独钟事，浩瀚网中穿。进攻防守轮转，风雨瞬时悬。“蜜罐”搜寻潜敌，境外敲门碰壁，封禁得平安。战场总无影，话语响真言。

履薄冰，零差错，屡争先。红蓝对抗，团队勤奋锦旗鲜。敏锐精心探索，使命坚持除恶，九载拨单弦。又是静悄夜，天籁蕴惊澜！

张晓岷：一线“冷线”人

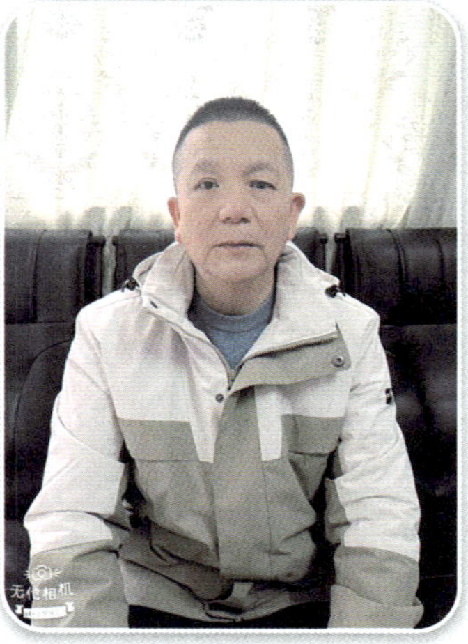

张晓岷，1966年4月生，湖南永州人，高中学历，现任湖南省冷水滩电线电缆股份有限公司生产车间班长。自担任生产车间班长以来，先后完成了六次大规模的电线电缆设备检修、试验工作，由他发现并处理的设备大小隐患有300余起，从根本上杜绝了安全事故的发生。2015年5月荣获“永州市劳动模范”称号，2020年11月荣获“湖南省劳动模范”称号。

定风波·张晓岷礼赞

袁延生

灯火长虹照市乡，生活生产韵相彰。挤塑车间环境苦，莫诉，民生忧患勇担当。

三十一年挥汗水，滋味，完成六改获荣光。清除隐患三百起，奇迹，根根线缆系家邦。

赞劳模张晓岷

陈仕兵

缆线纤长系万家，艺高心细慎捏拿。
诚凭眼慧秋毫辨，巧手轻柔舞琵琶。

徐 东：电力系统的“名侦探”

徐东，1988年11月生，华能湖南岳阳发电有限责任公司检修部继电保护班班长。成功发现并消除了5号机组励磁刀闸超温、6号机组灭磁开关机构损坏、380V厂用电定值整定错误等多项重要缺陷，多次圆满完成“保电任务”，创造连续108天无缺陷记录。荣获“中国电力行业技术能手”“华能集团公司劳动模范”“华能集团先进个人”“华能集团技术能手”“全国五一劳动奖章”等荣誉。

赞全国五一劳动奖章获得者徐东

汤 乐

经年惟砺初衷事，破垒攻坚风骨铮。
绝技堪称神鬼手，超能自入殿堂名。
唯工唯匠方成器，至巧至新难费评。
家国常萦心底梦，复兴之路我先行。

临江仙·赞劳模徐东

许铁军

大国复兴多故事，金牌敬献英雄。洞庭有韵唱徐东。高才成巧匠，榜样建勋功。

塔架纵横千里景，万家灯火飞虹。华能日夜送春风。初心铭铁骨，理想亮丹胸。

【双调·折桂令】赞劳模徐东

汤小新

无论春夏秋冬，点亮人间，何怕身躬。万户灯明，满城异彩，耀灿苍穹。灯火无边贯通，是谁立下勋功？昼夜无穷，鬼斧神工，雪里拼搏，百姓英雄。

菩萨蛮·赞劳模徐东

谢政伯

难寻夏日悠闲歇，高空架线朝天阙。莫道少风情，万家灯火明。

晚归星月下，倦脸笑容挂。汗水透全身，艰辛谁又知？

【南吕·干荷叶】向全国五一劳动奖章获得者徐东学习

赵元珍

学徐东，赶徐东，保电安全送。艺精通，巧专攻。完成机改节人工，共创辉煌梦。

李晓武：电力“草根发明家”

李晓武，1969年7月生，湖南长沙人，1986年3月参加工作，现为国网湖南电力检修公司长沙运维分部变电检修一班副班长。三十多年如一日，从一名只有初中学历的普通员工成长为生产技能专家。发明了“垂直连杆对中工具”，并获得了国网湖南电力检修公司首个自主知识产权。由李晓武工作室牵头的创新项目已获得实用新型专利45项、软件著作权6项、各级各类奖项77项。工作室先后被授予全国能源化学系统、湖南省及国家电网公司“劳模创新工作室示范点”。获“全国五一劳动奖章”“国家技能人才培育突出贡献个人”“国家电网有限公司特等劳动模范”等20余项荣誉。享受国务院政府特殊津贴。

国网五一劳动奖章获得者李晓武

罗建平

卅年磨剑不寻常，誓学铁人图自强。
擎起长明金火炬，潇湘绽放国之光。

【仙吕·醉中天】赞国网检修工李晓武

徐瑞理

数载无冬夏，昼夜理麻纱。查过开关又塔爬，自个空中挂。数据从无误差，潇湘佳话，年年胸佩红花。

郭达明：从线路架设工到技能专家

郭达明，1964年4月生，湖南湘潭人，中共党员。国家电网湖南省送变电工程有限公司项目执行经理、三级工匠、副高级工程师、高级技师。他深耕输电线路施工一线40年，多项典型施工工法在湖南省内乃至全国范围成功指导多场景机械化施工实施，促进了电力施工技术创新水平全面升级，有力推动传统作业模式向机械化施工模式转型。先后获“中央企业劳动模范”“国网工匠”“全国电力行业技术能手”“国家电网公司生产技能专家”“国家电网公司优秀共产党员”“湖南省电力优秀科技工作者”“湖南省重点建设先进个人”“最美国网人”等荣誉称号。

郭达明劳模

龚远生

四十年春不用赊，建成电网到天涯。
根根穿过云层去，飞送光明亿万家。

【正宫·塞鸿秋】赞输电架线工郭达明

徐瑞理

刨坑立塔英雄汉，引绳放线加油干。光明点亮湘江岸，辛劳赢得芳名赞。一顶梨花开，几度金杯灿，年年载载称模范。

许　武：供电一线先锋

许武，1990年2月生，湖南益阳人，国网益阳供电公司赫山区供电分公司生产管理员，农民工。一直工作在安全生产、电网建设的第一线，在2018年新时代湖南省农民工六项全能技能素质提升竞赛中获得个人一等奖。他制作的VB编程“按钮式”基础数据汇总表，方便运检人员维护基础数据，工作效率大大提高。编写了《配电网现场施工工艺指导手册》《配电网现场施工工艺指导画册》。2022年荣获“全国五一劳动奖章”。

【中吕·山坡羊】赞国网供电外线工许武

张孝凯

冈峦敢纵，江河敢纵，缆弦弹奏青春颂。走高空，饮清风，艰辛只为光明梦，最美乡村农电工。晴天，线路通；雨天，线路通。

生查子·赞许武

曾敢想

汗水汇成河，电线牵成网。素质冠三湘，胆敢拿金奖。

回首万山雄，立足蓝天上。唤醒满天星，照得千家亮。

钟著辉：变电站的“黑科技”

钟著辉，1966年8月生，湖南桃江人，国网湖南省电力公司常德供电分公司变电检修公司二次运检一班技术员，高级技师、高级工程师。从事继电保护工作25年，负责大型变电安装、检修项目上千项，消除各类电气设备隐患、缺陷数百次，工作零差错。先后荣获常德市第一届“高技能型名家名师”、湖南省“劳动模范示范创新工作室带头人”、国网公司“优秀专家人才”、“湖南省劳动模范”等荣誉。

【正宫·塞鸿秋】赞劳模钟著辉

郑瓦卡

身残志远初心悟，才高八斗专家路。忠诚事业国魂铸，育人传道人才护。智能勇创新，工匠精神树，稳行电网安全步。

【黄钟·刮地风】赞国家电网高技能型名家名师钟著辉

刘经平

为给千家送亮光，拼命三郎。安装变电赛金刚，气宇轩昂。结肠癌变，弃之融畅。敬业担当，忠诚豪放，惟期国炽昌。人生寄梦想，似一抹朝阳。

陈述仁：燃气安装维修专家

陈述仁，1975年5月生，湖南宁乡人，长沙华润燃气有限公司客户服务部户内开通班班长。他从2006年入职起，一直在一线岗位从事燃气开通维修工作，奔波于大街小巷，肩负起维护21万燃气用户生命财产安全的重任。10年来户内燃气开通维修达55000余次，最高日开通维修次数35次。2020年荣获“湖南省劳动模范”称号。

【正宫·鹦鹉曲】访大国工匠陈述仁师傅

吴细青

望城多少雷锋住，今赞个气灶师父。抢修排险走千家，不论晨昏寒暑。（幺篇）似猫猫蜷缩腰身，把灶底险源排去。擦锅台一脸油污，笑爽了城乡主户。

咏燃气安装工大国工匠陈述仁

彭崇谷

心牵锅灶不一般，万户炎寒肩上担。
随叫随来多少赞，平凡跨越是非凡。

【双调·清江引】赞燃气安装工陈述仁

徐瑞理

千家百姓装一脑，全是锅和灶。东家有事呼，一叫随时到，蓝苗乐坏胡二嫂。

【正宫·塞鸿秋】赞燃气安装工陈述仁

陈秋红

凌寒冒暑装燃具，披星戴月赢声誉。成天待命艰辛付，全年在岗安全护。愧当媳妇夫，愧作孩儿父，雷锋班里标杆树。

蒋建喜：汽车敲模专家

蒋建喜，1968年5月生，湖南邵东人，初中学历。1987年随其父到衡山汽车公司备料车间冷作班当工人。刻苦自学机械制图、机制制造等专业知识，从初级工成为一名高级技师、班长。他大胆革新，为新产品车HSZ6902T、HSI6908T自制敲模、土压模13副。还先后为HSZ6100D、武警指挥车、流动舞台、宿营车、天然气公交车等新产品制作各种样板、敲模、土压模上百副，创造了良好的经济效益。2001年被评为“湖南省优秀共产党员”，2011年被授予“全国五一劳动奖章”并被评为“湖南省劳动模范”，2015年被评为“全国劳动模范”。

鹧鸪天·礼赞全国劳模蒋建喜

朱海清

巾紫峰前别有天，汽车制造业领先。精研技术标兵秀，攻克难关冷作妍。

多创意，敢超前，通宵达旦总情牵。从来劳动高无比，逐梦途中奏凯旋。

赞全国劳模蒋建喜

汪喜亮

敢试依凭技胆雄，高端品俏是真工。
精研智造豪情激，苦练科兴骏业隆。
创意夺魁赢美誉，攻关扫障展英风。
寸心绘出春天彩，车艺花开衡岳红。

肖柳清：汽车模具“主刀大夫”

肖柳清，1988年1月生，江西吉安人，湖南吉利汽车部件有限公司员工。他刻苦学习，精研管理，是模具维修多面手。先后创新设计制造了“无人搬运小车”“多车型通用工位器具”引进模具智能化管理系统。主导参与创新项目40余项，获实用新型专利21项。获“湖南省劳动模范”“湘潭市杰出莲城工匠”等称号。

赞汽车模具“主刀大夫”肖柳清

吴希彦

报国何须上战场，技能奉献也馨香。
春秋寒暑四时学，异域他乡一技长。
管理精研增效益，创新智造尽风光。
民营吉利腾飞日，快马加鞭劲更扬。

赞莲城工匠肖柳清

罗再贻

降本增收重担挑，创新事例上千条。
心期吉利行天下，砺技攻坚不动摇。

周　志：车轮研制技术能手

周志，1983年生，中共党员，大学本科，湖南中联志远车轮有限公司技术部部长，高级工程师，全国工程材料标准化技术委员会委员。主要从事铝合金车轮研制工作，和同事们紧密合作，先后申请了“车轮辐条铸字镶块”“车轮轮边涂装装置”“车轮轴承压装装置”等10余项国家发明专利和实用新型专利。2020年被授予“湖南省劳动模范”称号。

题劳模周志工程师

何跨海

车轮滚滚向前行，负重签收万里程。
一路奔驰尘与土，九州转辗雨和晴。
打磨鼓面申专利，装置轴承钦盛名。
历代劳模添锦绣，助推华夏势峥嵘。

赞劳模周志

龚智勇

车型巧设漆生光，动力高频显劲强。
一脚油门标业绩，穿云破雾过山冈。

彭新军：电信网络安全实操人才

彭新军，1980年6月生，湖南衡阳人，中国电信股份有限公司株洲分公司网络操作维护中心员工。连续十五年战斗在网络维护与安全的第一线，是中国电信第一代网络安全实操人才，经验丰富，业绩显著。获“湖南省五一劳动奖章”“湖南省技术能手”“湖南省劳动模范”等荣誉。

赞五一劳动奖章获得者彭新军

易佳良

无情电子我多情，网络安全万里行。
线路机房频检测，补丁病毒净消平。
千家用户终端喜，一带光华局域清。
通信传输春永驻，鹏抟静听抖音声。

【注】1.彭新军，“湖南省五一劳动奖章”获得者、“湖南省技术能手”。连续十五年战斗在网络维护与安全第一线，是中国电信第一代网络安全实操人才。2.补丁，指邮件系统的安全补丁。局域，指局域网。一带，指宽带。

鹧鸪天·赞湖南省劳动模范彭新军

李效愚

网络机房事迹香，安全维护美名扬。传输系统时时畅，事故苗头处处防。

查病毒，建“高墙”。排除故障技高强。神州多少团圆夜，值守平台乐万方。

【注】高墙，喻指病毒防火墙。

姜玉伟：电信技术服务能手

姜玉伟，女，河南信阳人，中国电信湖南分公司省客户服务中心员工。在10年多的工作中，她先后在中国电信湖南公司宽带预处理、语音客服、投诉处理、互联网客服等专业的技能比武中获得个人一等奖4次、二等奖1次、三等奖1次，并在集团公司组织的互联网专业客户服务职业技能竞赛中获得个人银奖。2023年10月作为湖南公司唯一代表，参加中国工会第十八次全国代表大会。获“全国五一劳动奖章”“中国电信集团技术能手”“中国电信湖南公司技术能手”等荣誉。

题话务员劳模姜玉伟

王振远

电波千里逐风流，信守机房几度秋。
求学蓄能情炽热，释疑排障话温柔。
根连古豫三春女，誉载清湘一叶舟。
踏月归来天在水，万家灯火入星眸。

题姜玉伟

何　漂

每每倾情服务时，答疑解惑不推辞。
何愁话比连天雨，应效梅开傲雪枝。
火样青春添炫彩，平凡事业写新奇。
客人如若诚夸赞，笑醉心间酿出诗。

行香子·题话务员姜玉伟

梁文魁

少小魂牵，遥寄家山。青春许、寸寸心丹。云程信语，脉动心弦。任情飞纵，意殷切，梦呢喃。

潇湘鼓浪，岳麓凭栏。云鬟卷、敢竞儿男。满城星火，敛尽宵寒。顺一番风，百般爱，万千缘。

临江仙·题劳模姜玉伟

刘　文

千里入湘圆梦想，娇柔人见犹怜。如何竞赛每争先。日呼三百次，自品几分甜。

十载创新多硕果，而今重任加肩。转型综合两相联。未来求发展，努力在当前。

杨建国：水表维修技术能手

杨建国，1963年3月生，湖南常德人，中共党员，现任湖南常德牌水表制造有限公司设备维修班班长。由于工作业绩突出，多次被公司评选为“优秀员工”“先进工作者”“技术能手”“年度先进个人”“优秀班组长”。2018年获评“常德市劳动模范”，2019年获“湖南省五一劳动奖章”，2021年获“全国五一劳动奖章”。

赞大国工匠杨建国

黄　岚

苦乐风霜一笑过，平凡岗位誉声多。
新模细琢堪娇子，旧器重妆合璞玽。
满腹经纶家国报，双肩使命夙宵磨。
劬劳可就蓬山路，砥砺人生总凯歌。

赞杨建国

李爱群

车间淬琢意志坚，钻研水表数十年。
千台设备施文卷，每个螺丝亲子囡。
模具旋床时克蹇，智能科技夜攻关。
新人培育倾心血，老骥扬蹄再举鞭。

曾艳梅：轨道交通设计专家

曾艳梅，中车株机公司产品研发中心转向架研发部转向架总体设计师，正高级工程师。主持研制了国内外多款先进轨道交通机车车辆转向架，通过技术辐射，带动了我国钢铁、齿轮传动、电机等多个产业的发展。拥有1项中国专利金奖、30项授权专利、3项湖南省科学技术进步奖等荣誉。获得“中车资深技术专家”“湖南省劳动模范”“全国五一巾帼标兵”“全国五一巾帼奖章”等荣誉。

颂电力机车转向架主体设计师曾艳梅

胡战桃

车辆机头下部玄，轴轮减震走行连。
随弯就直身灵巧，负重分轻性实坚。
智识凝成科技范，德才改写霸权篇。
艳名梅质争春志，设计攀峰未歇肩。

全国五一巾帼奖获得者曾艳梅

周良文

攻关肩主帅，自不让须眉。
智造平安架，金轮载梦驰。

方联民：路桥之梦的践行者

方联民，1961年11月生，湖南岳阳人，中共党员，博士研究生学历，研究员级高级工程师。主持或参与常德沅水大桥、铜陵长江大桥、荆岳长江大桥、矮寨特大桥、洞庭湖大桥等重点工程建设。带领企业7年间获省部级以上科技奖200多项，高新企业增至12家，获国际道路GRAA大奖、国家科技进步二等奖、詹天佑土木工程奖、鲁班奖等，矮寨大桥创造了4项世界第一。2020年被评为“全国劳动模范”。享受国务院政府特殊津贴。

赞路桥专家方联民

谢卫民

筻口河曾阻梦遥，而今梦已树高标。
广修世上坦平路，高架人间幸福桥。

路桥专家方联民

伍玉求

地裂山崩海又枯，人间无路不崎岖。
自从学得补天术，断壑深渊变坦途。

郭帅红：铁路“安全明星”

郭帅红，中国铁路广州局集团有限公司株洲北车站上行车间排风制动员，中级工。入路12年，放风万列，从未发生过安全问题，并防止事故多起。坚持标准化作业，连续多年被评为车站“先进个人”“安全明星”。2009年5月，获得铁道部“火车头奖章”，2020年11月，被授予“湖南省劳动模范”荣誉称号。

【双调·水仙子】赞广铁排风制动员郭帅红

禹丽娟

茫茫道砟步锵铿，重重横杆每巧拧，回回作业遵规定。勤学得要领，放风王岂是虚名。安全卫，事故零，好个明星。

【中吕·喜春来】赞广铁排风制动员郭帅红

罗　健

刮风下雨骄阳晒，道碴磨穿多少鞋，标兵动作表情乖。零祸害，又快又平哉。

【正宫·叨叨令】咏放风王郭帅红

刘空军

经年累月工场上，刮风下雨奔忙状。手持器械车流畅，连通千里欢歌唱。了不起也么哥，了不起也么哥，放风王名号真真棒。

谢光明："火车医生"

谢光明，1972年11月生，湖南衡阳人，铁路机车电工高级技师、高级工程师。从事电力机车调试工作23年，熟悉机车技术原理、制造工艺、质量控制，擅长处理机车电气控制疑难故障和进行员工技能提升培训。拥有8项专利、6项先进操作法，连续11年获得中车株机公司技术攻关一等奖。还荣获中国中车科学

技术奖二等奖1项，长株潭"我为两型作贡献"职工科技创新成果优秀奖2项，湖南省技工教育和培训教学研究成果二等奖1项，作为企业导师获得全国职业院校技能大赛教学能力竞赛高职专业课程组一等奖，入选教育部课程思政名师，并获国家级教学成果二等奖。获"全国五一劳动奖章""火车头奖章""中国中车高铁工匠""湖南省劳动模范"等荣誉。享受国务院政府特殊津贴。

赞电器装修工谢光明

贺夏盛

踏进厂门胸有梦，技能成就定当雄。
疑难破解心花放，故障排除冰雪融。
苦学传知培弟子，勤研授艺练神工。
动车驰骋丝绸路，扬我槠城大国风。

记电器装修工谢光明

李典世

一方神器见光明，半路出家技术精。
有志终圆工匠梦，千寻百问铸真经。

张志坚：轨道车指导里手

张志坚，1980年7月生，湖南长沙人，中共党员，中国铁路广州局集团有限公司长沙供电段长沙轨道车车间指导司机。驾驶铁路接触网作业车安全运行7000余天，未发生任何事故。在2014年铁总供电系统接触网作业车专业职业技能竞赛中荣获第二名。多次参与段和路局接触网作业车各类培训班的授课工作，被聘为中国铁路总公司兼职教师，入选铁总和广铁集团兼职师资库。中华全国铁路总工会授予“火车头奖章”，2014年中国铁路总公司授予“全路技术能手”，2020年获评“湖南省劳动模范”。

轨道车指导司机张志坚

童中贤

舌钩销落险丛生，连挂巧工三字平。
护送卧龙驰万里，惯听一路共欢声。

赞劳模轨道车指导司机张志坚

赵海燕

乔木凌云向昊天，出锋宝剑问经年。
挥斤稳准青龙伏，落挂停匀心气专。
情劝稚儿谋大国，才倾高足待英贤。
须眉为报中华梦，不惑尤持鹄志坚。

铁路劳模张志坚

文　雯

入行尽职守心清，且看英雄铁道兵。
除险固安多绝活，遥程万里总关情。

【双调·水仙子】赞火车头奖章获得者张志坚

禹丽娟

创新路上领军行，故障来时随处清。妙方总结成篇赠，忙忙如万能，这超人日夜无停。丹心献，硕果盈，工匠精英。

【仙吕·后庭花】赞全路技术能手张志坚

罗　健

殊荣不简单，创新屡克难。岗位堪平淡，传学从不凡。善钻研，总结经验，倾心安与全。

【南吕·四块玉】咏劳模张志坚

刘空军

浓郁眉，年轻样。带领同仁奋翱翔，创新技术攻关畅。学欲狂，事不慌，日夜忙。

吴晓红：绕行地球30圈的公交司机

吴晓红，1971年5月生，河南兴隆人，1993年公交技校毕业，走上了公交车驾驶员岗位，一身朴素的工作服就这样伴着她度过了28个春夏秋冬。在驾驶员这个平凡而艰苦的工作岗位上，安全行驶里程累计达

130万公里，可以绕行地球30圈，服务乘客500余万人次，创造了无交通事故、无交通违法、无违章行车、无服务投诉“四无”安全记录。2015年获评“全国劳动模范”“全国三八红旗手”“2015感动交通年度人物”。2017年当选中国共产党第十九次全国代表大会代表。2018年当选中国工会第十七次全国代表大会代表。2019年获评“全国最美公交司机”。2023年获湖南省劳模工匠师徒“结对子”活动“优秀师徒”称号。

赞全国劳模、龙骧巴士驾驶员吴晓红

赵海燕

谁驱铁驾破霜晨？手纵盘轻足踏匀。
十米厢容玄序暖，卅年心向庶黎亲。
情知有愧怜娇女，品为无私奉此身。
不悔劬劳烟火伴，平常日子亦如春。

咏公交车驾驶员吴晓红

童中贤

天盘信掌御龙骧，巾帼明眸罢黛妆。
爱厚车厢乘运远，心随道履向朝阳。

公交劳模吴晓红

文　雯

初心直系卅春秋，几十圈圈绕地球。
莫道英雄只骁汉，公交模范是娇柔。

赞全国最美公交司机吴晓红

李年谷

英姿飒爽驭车轮，驾驶安全第一人。
十米箱中圆绮梦，卅年路上献青春。
回家每似回行舍，待客常如待贵宾。
风雨兼程终不悔，党员使命重千钧。

单　丹：不平凡的试车员

单丹，1969年10月生，湖南湘潭人，长沙市比亚迪汽车有限公司19事业部高级整车检测员。从事汽车行业30年，熟悉各类汽车的结构、性能以及相关标准和检测设备，把守“关卡”，拧紧汽车“安全阀”。先后编写了《产品测试流程和指南》《整车检验规范》《整车路试规范》《产品考核管理条例》《检测线的检测流程》《检测线设备验收管理规定》等相关规范，保障车辆检测的规范化，为车辆生产保驾护航。2020年获评“湖南省劳动模范”。

记汽车高级试车员单丹

刘　科

岗位平凡检测忙，单丹事迹谱华章。
良工道在循环处，妙手功成次第详。
前辈才名同俯仰，后生术业有担当。
追求卓越人人赞，奉献精神代代扬。

赞劳动模范单丹

刘学汝

火眼金睛数单丹，汽车检测保平安。
鹏程万里春风路，业界精英岂畏难。

赞劳模检测员单丹

赵海燕

非为情痴独爱车，卅年晴雨共长沙。
夹衣抖擞情惟厚，惠眼清扬气自嘉。
坐驭百行降铁马，驰忘四季擅风华。
未辞霜色新添鬓，抱得初心人尽夸。

陈国庆：三百万公里的奇迹

陈国庆，1968年8月生，湖南益阳人，中共党员，益阳湘运集团股份有限公司资阳运输分公司驾驶员。在“益阳至深圳宝安”班线上开车的10多年里，他熟记全线的每一个路口、每一个弯道、每一个事故易发路段，认真做到防御性驾驶。总结出了一套“看”“听”“闻”的车辆故障检查法。恪守行车安全天职，牢记优质服务初心，行驶300多万公里做到了零事故、零违章、零投诉。曾荣获全国道路运输“最佳驾驶员”、全国“安康杯”劳动竞赛先进个人。2020年获评“湖南省劳动模范”。

劳模陈国庆

郑　人

心系平安方向稳，车行大道技操娴。
搭乘千里同追梦，流动风光别有天。

【中吕·山坡羊】赞驾驶员陈国庆

张孝凯

何来奇技？全凭努力，时时鼓足精神气。驭征骑，度朝夕，无暇顾及名和利。滚滚车轮千万里。辛劳，你第一；安全，你第一。

桂艳华：公交车长的“秘诀”

桂艳华，1980年1月生，湖南永州人，中专学历，现为永州市城市公共交通运输有限责任公司二分公司22路公交线的一名普通车长。自2003年踏上驾驶员岗位以来，已累计行车近100万公里，从未发生过责任安全事故。她始终用公交“爱岗敬业，服务一流，乘客至上”的标准严格要求自己，坚持用心服务每一位乘客，将最安全的行车奉献给了乘客。2015年获得“永州市劳动模范”荣誉称号，2020年获评“湖南省劳动模范”，2021年获“全国三八红旗手”称号。

【正宫·小梁州】赞公交车车长桂艳华

萧庚华

十米车厢大爱传，一路情牵。文明驾驶创新篇，车相伴，寒暑二十年。（幺）心连乘客安全惦，斗歹徒智勇双全。携老幼，亲声唤，热心一片，爱意暖人间。

赞公交车长桂艳华

周建武

每日来回不计班，市民上下享平安。
只因心里有方向，轮转风尘暑与寒。

西江月·赞女驾驶员桂艳华

彭定金

手把车盘责重，心装乘客功高。行程百万里超遥，十七春秋写照。

雪雨风霜依旧，星辰灯火迎宵。笑容绽放尽娇妖，一朵女人花俏。

【注】十七春秋，驾驶公交车十七年。

张小辉：现代宝骏

张小辉，1975年10月生，湖南南县人，长沙宝骏巴士有限公司913线路驾驶员。自参加工作以来，安全行驶100万公里，无违章、无投诉、无事故、无缺勤，始终把乘客当作亲人般对待，总是站在乘客的角度思考问题，特别是对于老年乘客，更是耐心十足。被交通运输部授予“2016—2017年度全国交通运输行业文明职工标兵”，2020年获评“湖南省劳动模范”。

醉太平·雷锋巴士司机张小辉

陈柯平

雷锋授经，春风伴行。廿年差错为零，客人多赞评。

湘波漾清，党徽耀星。车厢美德充盈，助人为乐情。

赞劳模巴士驾驶员张小辉

赵海燕

曾经田垄小山童，盛壮今朝称俊雄。
万里通程单骑远，零无差失晓风匆。
平安二字昭航向，灯火千家系寸衷。
望向小城熙攘里，楼擎落日一轮红。

记优秀驾驶员张小辉

谌岳嵩

风雨车行二十年，迎来送往好评传。
心存善念常施手，客有疑难总在前。
技术超群钢玉钻，灵思巧动艺精全。
平凡之处藏真意，服务人民大过天。

王小明：最美货车司机

王小明，1978年8月生，湖南浏阳人，浏阳市鼎顺物流集团有限公司驾驶员。从事道路货物运输驾驶工作迄今，扎根生产第一线，始终以高度责任感对待工作，爱岗敬业、文明驾车、热情服务、扎实工作，在平凡的工作岗位上做出不平凡的业绩。2019年参加全国技能大赛，获得了“全国交通技术能手”称号，2020年获评“湖南省劳动模范”，2023年获交通运输部、公安部、中华全国总工会联合评选的“2022年度最美货车司机”称号。2023年荣获“长沙工匠”荣誉称号。

货运司机劳模王小明

王振远

车行万里未迷航，为有丹诚系梓桑。
危货挂怀天路远，疫期驰爱沪江忙。
妻贤女秀家余愧，菊瘦梅寒品自芳。
独许烟花开不败，一枝先放在浏阳。

题货运司机王小明

萧建中

身怀绝技少声张，国赛称雄放彩光。
就算寻常搬运汉，司机也入匠人堂。

鹧鸪天·王小明

易庆安

万里驱驰年复年，风霜不避每迎前。时危自请身援沪，岁晚尤披雪满肩。

星促晓，雨催鞭。此中甘苦待谁言。聊将一片初心在，谱出和谐时代篇。

劳模王小明

何　漂

万里征途似驾风，辛勤换得奖章红。
胸前多少平安扣，挂在家人望眼中。

贺友谊：公交驾驶节能标兵

贺友谊，1973年生，湖南株洲人，1991年7月参加工作，中共党员。2009年4月进入株洲公交公司。他爱岗敬业、苦练安全驾驶及节油技能，2017年获全国公交驾驶员技能比武“节能标兵”。服务投诉、交通违法、交通事故均为零发生。获得中华全国总工会、中宣部等单位授予的“第十五届全国职工职业道德建设先进个人”荣誉称号。2018年获“湖南省五一劳动奖章”，2020年获“湖南省劳动模范”称号。

赞劳模公交司机贺友谊

张金华

不为高薪不为名，匠心执着暖新城。
末班戴月身先驾，首发披星车又行。
画作有酬皆取义，站房所缺总关情。
公交线上传承美，奋斗青春底色明。

访劳动模范公交司机贺友谊

罗利生

油门一脚行千里，滚滚车轮逐梦飞。
方向盘随生命转，安全驾得彩云归。

题劳模贺友谊

谭向晖

百万行程暑与寒，往来求索各平安。
初心若问今何在，已化手中方向盘。

赞公交驾驶员贺友谊

陈新力

友谊安全万里行，秋冬春夏总关情。
桃花时节送君暖，香雪梅期待客诚。
十八华年零事故，一怀岁月有殊荣。
湘江北去长流水，见证劳模金石名。

黄艳林：特长就是把车开好

黄艳林，1974年9月生，湖南怀化人，高中学历，湖南怀化公路运输集团有限责任公司长途货运分公司怀化至靖州班线驾驶员。多次荣获怀运集团“优秀共产党员”“爱车、节能、创效标兵”称号，连续14年荣获怀运集团“优秀驾驶员”称号，2017年荣获湖南省交通运输行业“十佳汽车营运驾驶员”称号。“全国五一劳动奖章”获得者。

赞全国五一劳动奖状获得者、长途货运驾驶员黄艳林

周　礼

路线心谱方向明，行程百万任纵横。
车轮滚滚披星月，捷报频传有赞声。

题驾驶员黄艳林

南　冰

从生共转轮，行止带春温。
万里风兼雨，初心不染尘。

杨骐铭:“善”字贯彻公交岗位

杨骐铭,1972年9月生,湖南怀化人,侗族,怀化公共交通集团有限责任公司第一分公司15路线驾驶员。他一身正气,一个“善”字贯彻于服务中。十几年如一日,坚持开末班车,温暖学生回家路,2020年被评为“湖南省劳动模范”,2021年当选助人为乐类“中国好人”。

题劳动模范驾驶员杨骐铭

张少华

方向盘圆线路长,里程百万历风霜。
车厢四季盈春意,不似世间分暖凉。

模范驾驶员杨骐铭

杨远建

公交天下有,醉看五溪春。
唯我家门好,深宵摆渡人。

李会生：走过天路的驾驶员

李会生，1969年9月生，湖南衡阳人，湖南中电物流有限公司车队队长。27年大货车驾龄，累计行车超过60万公里、无事故、零扣分，两次创造国内大件运输纪录。2008年，承担从衡阳到3800多米青海橡皮山的变压器长途运输任务，创下了运行海拔最高的大件运输吉尼斯纪录。2010年，承运新疆电力公司的头号重点工程，车货总重500吨，团队仅用25天便将设备安全送达变电站，突破了国内大件运输史上公路运输时间最短的纪录。2020年获“湖南省劳动模范”称号。

中电物流劳模李会生

厉文定

中电物流车队长，大型货运保平安。
驾龄卅载风云静，征路千关险阻宽。
青海高程删旧录，新疆快速立新杆。
天悬北斗星常亮，万里野途何畏难。

咏李会生

周　伟

驾车三十载，越岭六千回。
踏破寒和暑，光明送远陲。

陈自祥：爱洒斑马线

陈自祥，1962年8月生，湖南怀化人，初中学历，2006年5月起担任怀化市公安局交通警察支队直属三大队护学岗辅警。他执法让人如沐春风、助人为乐孜孜不倦，退休后从“警服蓝”化身“志愿红”重返护学岗位，站上“爱的斑马线”，守护他始终牵挂的孩子们。先后获“全国五一劳动奖章”“湖南最美政务民警辅警”荣誉。

【中吕·醉高歌带喜春来】赞全国五一劳动奖章获得者陈自祥

禹丽娟

恭如赤子周详，笑若三春霁朗。哨声威似军歌唱，通畅人车共爽。（带）牵童扶老当铜杖，病体贤妻独卧床，沾尘渗汗任风霜。都敬仰，点赞几箩筐。

赞护学岗辅警陈自祥

向祖文

安全事不轻，路口护娃行。
尽献心中爱，温馨一座城。

鲁恩来：人行道维护员

鲁恩来，1971年3月生，湖南长沙人，长沙市芙蓉区市政设施维护中心维护科人行道维护队队长。在市政维护一线工作，肩负着中心城区人行道的维护重任，哪里最需要就出现在哪里，用汗水诠释着立足平凡岗位，奉献精彩人生。2017年荣获“十佳雷锋志愿服务个人”，2018年荣获“芙蓉区劳动模范”，2020年荣获“湖南省劳动模范”称号。

市政人行道维护劳模鲁恩来

刘　杰

常见勤劳夕惕身，黎明破夜晓光新。
长街扫净迎朝日，便道铺平待路人。
雨打风吹不言苦，汗流浃背未辞辛。
爱岗敬业新模范，美丽星城守护神。

城市人行道维护员鲁恩来

童中贤

树荫劳作汗珠倾，行道结缘随影形。
不慕浮华身手捷，斜阳漫踏步安平。

向凌云：大山深处养路工

向凌云，1969年9月出生，湖南永顺人，土家族。大专学历，永顺县公路养护中心养路工。1993年12月参加工作，先后在多个工班干过养路工、机械手、班长，一直工作在公路养护一线。20多年来，他参与施工4900多次，完成公路大中修里程379公里，小修5万多平方米。自2003年起，担任应急抢险机械队队长，处理大小险情共1700多次，清理坍方近20万立方米，挖补水毁路面6500多立方米，及时保障了公路畅通。2017年2月被湖南省公路管理局授予全省公路系统"十佳养路工"荣誉称号，2020年被授予"湖南省劳动模范"荣誉称号。

赞养护工人向凌云

罗廷孝

出去踏朝阳，归来戴月光。
通途侵汗水，热血保康庄。
手糙皮成茧，头斑鬓结霜。
平安千里路，赢得橘红香。

咏向凌云

周　伟

一夜潇潇雨，泥磐挡路央。
欲将险情摒，汗水洗工装。

【注】磐：大石头。摒：排除。

【正宫·塞鸿秋】赞养路工向凌云

张克汉

忠诚踔厉青春献，披星戴月山河建。抢修水毁顽强战，清除路障交通便。安康酬有勤，苦累皆无怨，车驰万里平生愿。

赞养路工人模范向凌云

向仍龙

经年寒暑伴烟炉，万里冰霜水一壶。
曾愿凌云随日月，何论裹足入泥涂。
披荆斩棘谁开路，沐雨餐风独向隅。
大道顺驰安敢忘，崎岖昨夜变通途！

捣练子·咏向凌云

周　伟

辞庠序，志昂扬，冬去春来谱华章。铲坚冰，沐晚霜，修百路，愈千疮，风餐露宿又何妨？护灯火，守安康！

曾德春：瑶乡神行太保

曾德春，1970年2月生，湖南道县人，高中肄业。1989年12月至2017年9月，在道县四马桥邮政分局工作；2017年10月至今，现在道县邮政局转运分拣中心工作，任分拣员。在四马桥邮政分局担任横岭瑶族乡投递员的27年中，由于连年直投率为100%且保持零差错，2009年分别荣获湖南省邮政“优秀投递员”和永州市邮政“爱心信使标兵”称号。2013年荣获全国邮政系统“最美邮递员入围奖”，2010年被评为“湖南省劳动模范”，2015年被评为“全国劳动模范”。

【南吕·金字经】赞优秀投递员曾德春

唐常春

晓伴雄鸡起，暮踏星月还，涉水爬山无怨言。传，乡间小道穿。千人赞，最佳投递员。

【正宫·塞鸿秋】赞乡村邮递员曾德春

李宴民

邮包一摞瑶乡去，身躯一转盘山路。霜刀刻面留风度，胶鞋穿底应无数。眉梢挂露珠，项背升薄雾，卅年温暖千千户。

杨长庚：西岩岭上好邮差

杨长庚，苗族，1962年4月生，湖南城步人，中共党员，高中学历，中级工，现任城步苗族自治县邮政局投递员。一直负责西岩镇花桥、威溪这条难度最大的邮路投递工作，该邮路有26个行政村，邮路长达52公里，到处崇山峻岭、交通极其不便。他还累计为群众配送优良水稻种子16万余公斤，农资产品6500余包，成为一名名副其实的编外服务“三农”技术指导员。当地群众都亲切地称他为南山下的“王顺友”，2005年荣获“全国邮政系统模范投递员”，2012年被评为全省创先争优优秀共产党员，2015年被评为全国劳动模范。

致敬邮递员杨长庚

岳　一

千家冷暖装邮袋，百里山林独往来。
铁脚丈量冰雪路，青山踏遍送春晖。

赞邮递员杨长庚

朱在明

情系千家梦，胸怀一寸丹。
风中投挂念，雨里送平安。
夏顶骄阳火，冬迎彻骨寒。
但求无一漏，愿闯万重山。

赞绿衣使者杨长庚

李道远

晚迎星月早迎霞，背负行囊串万家。
事业平凡肩重任，情牵百姓展芳华。

【商调·秦楼月】绿衣天使杨长庚

宋阳玲

飞健步，翻山越岭迢迢路。迢迢路，一身橄榄绿，用情浇注。（幺）寒来暑往披星露，绿衣天使深情付。深情付，一腔热血，为民服务。

赞邮递员杨长庚

刘伦武

夜披星月晓披霞，情满邮囊送万家。
铁脚不愁山路险，一腔热血付韶华。

黄晓青：让“死信”起死回生

黄晓青，1969年生，中国邮政集团有限公司湖南省桂东县分公司寨前支局投递员，高级工。25年投送邮件、报刊、包裹数百万件无差错、无丢失损毁、无有理由申告、无安全事故，实现“零差错”“零投诉”，并让375封“死信”起死回生。2020年被评为“全国劳动模范”。

赞乡间“爱心信者”黄晓青

谢卫民

越岭趟溪百转回，绿衣催绽笑容开。
铃铛一响高山寨，知是春风送信来。

邮电投递员黄晓青

黄伍林

穿行街巷里，脚踏火风轮。
哪顾寒炎苦，及时送到门。

赞邮政投递员黄晓青

黄绚春

小黄敬业用情专，不悔青春廿五年。
邮件安全无舛误，爱心一片寄山川。

唐青云：劳模邮路

唐青云，1962年4月生，湖南衡山人，1996—2022年担任衡山县新桥邮政支局农村邮递员。在新桥水库库区长达140公里408个投递点的邮路上，一干就是26年。爬山岗，踏泥污，年均投递各类邮件超10万件，先后获得邮政系统“优秀邮递员”“先进邮政工作者”“优秀共产党”共40余次。2010年被评为“湖南省劳动模范”，2013年获评“感动中国之感动湖南人物提名奖”，2015年被评为“全国劳动模范”。他曾经工作过的新桥投递邮路被命名为“劳模邮路”。

赞唐青云劳模

汪春衡

件件乡愁联九州，库区留守识“红邮”。
爬山摆渡长征路，包裹传情廿六秋。

赞绿衣天使唐青云

汪喜亮

长邀日月事乡邮，摩托追风骋岭丘。
播爱农家欢顾主，倾情绿色喜心头。
灰泥惯把衣襟画，莺鸟常将公仆讴。
往返崎岖三十载，为民甘做老黄牛。

鹧鸪天·礼赞全国劳模唐青云

朱海清

岳北风光景更娇，劳模今日出新桥。肩挑日月传消息，脚踏关山动寂寥。

无怨语，有情操，绿衣使者爱渔樵。平凡岗位芳香溢，追梦心潮逐浪高。

曹　林：邮政信息安全守护神

曹林，1976年生，湖南新化人，1997年参加工作，现任中国邮政娄底市分公司技术中心主任。21年如一日，默默坚守维护邮政技术一线，尽职尽责乐奉献，多次攻坚克难、“独挑大梁”保障着全市邮政信息网络的安全运行。先后获“湖南省邮政技术专家”“全国邮政优秀共产党员”“湖南省劳动模范”等荣誉称号。

【中吕·山坡羊】赞邮政劳模曹林

唐利荣

学无捷径，专于邮政，力排故障专攻硬。日勤耕，夜拨灯，身怀绝技同仁敬，服务人民将队领。研，软件精；钻，业绩升。

致大国工匠曹林

吴冰玉

网络传真系万家，后台维护鲜人夸。
严寒酷暑平常事，惟愿神州信号佳。

致曹林

吴新开

创举不为名，求新技艺精。
丹心倾网络，沥血助繁荣。

李　姣：邮政美姣娘

李姣，1989年10月生，湖南常德人，湖南红海人力资源有限公司外派长沙邮政政务中心驻点投递员。不断地提高自己的专业水平与综合素质，积极参加专业学习和比赛，获2017年湖南省技能大赛暨第一届全国邮政行业职业技能竞赛湖南省初赛二等奖，全国总决赛三等奖，2019年湖南省技能大赛暨第二届全国邮政行业职业技能竞赛湖南省初赛一等奖。荣获“湖南省巾帼建功标兵”“湖南省技术能手”“湖南省青年岗位能手”“湖南省劳动模范”“全国五一劳动奖章”等荣誉。

咏邮政投递员全国五一劳动奖章获得者李姣

彭崇谷

革弊创新思考勤，速分邮件万家欣。
人生最美风光日，不乏纷纷赞许人。

【仙吕·醉中天】赞邮政投递员李姣

徐瑞理

也是能工匠，更是美娇娘。四季无闲跑四方，好个邮差棒。未顾三餐饭香，唯他至上，换来誉满潇湘。

【越调·天净沙】赞五一劳动奖章获者投递员李姣

唐胜清

问寻万户千家，穿行险道穷峡，厚道勤劳素雅。冬秋春夏，数年投递无差。

【越调·小桃红】赞全国五一劳动奖章获得者李姣

陈秋红

星城邮政美娇娘，好个冰聪样。每日分邮小山状，热心肠，急邮特派穿街巷。不言苦脏，迎难而上，满脑万家装。

李　庆：身挎邮包进万家

李庆，中国邮政集团公司湖南省湘阴县分公司投递员。二十年如一日，服务全乡14个行政村、2万多人的邮件投递，用行动和真情谱写出一条“爱心”邮路。累计行程96万多公里，投递各类信件、报刊1700多万份，从未发生过一起邮件误投、漏投、延误积压差错，也无一例客户有理由投诉。2018年5月荣获“湖南省五一劳动奖章”，2018年12月被中国邮政集团公司评为“先进个人”，2020年11月被授予“湖南省劳动模范”称号。

人民的好邮递员李庆

邓志龙

七辆邮车二十年，乡愁几许记心田。
老翁托购西瓜种，病嫂烦交电视钱。
几串铃声迎晓月，一身泥水入炊烟。
归来不问餐厨事，犹助邻家补屋毡。

题乡邮员李庆

李林桢

送暑迎寒二十春，天天都是夜归人。
一条邮路千家系，未敢偷闲惜此身。

邮政投递员李庆

张赛龙

风来雨去廿余年，夜月鸡声万户烟。
又到家书相送远，斜阳小路隐山边。

赞劳模邮递员李庆

李一平

平凡事业显奇才，万户千家送暖来。
风雨兼程终不悔，爱心传递笑颜开。

【中吕·山坡羊】赞劳模邮递员李庆

李　翔

风光竞秀，邮车一溜，沿途播撒仁心厚。日扶周，夜帮刘，为人情愿人消瘦，只有初心长守留。他，名不求；他，利不求。

赞劳模李庆

彭强辉

十年磨剑未辞劳，但见芳名分外娇。
秋月轻车沾白露，春花小径碾红潮。
晨昏出没逢新雨，夜半归来过旧桥。
屈指行程千万里，爱心温暖半山腰。

【中吕·山坡羊】赞劳模李庆

廖俊林

乡村情系，邮包投寄，爬山越岭心甜蜜。苦坚持，累坚持，富民信息勤传递，汗水爱心成业绩。民，称赞你；花，佩戴你。

卜算子·爱心邮路

邓志龙

不顾冷霜侵，不怕骄阳晒，邮道条条脚下伸，遍及杨林寨。

件件不空投，事事无旁贷。一脸春风一路歌，传递人间爱。

杨建华：全国五星投递员

杨建华，1975年9月生，湖南城步人，湖南邮政城步分公司汀坪支局投递员。多年来，翻越苗乡偏远大山，入村进寨，骑行15万多公里，步行超7500公里，投递报刊、信件、邮件50多万份，无一差错，无一丢失损毁。2015年获评“全国五星投递员”称号。2020年获评“湖南省劳动模范”。

诗吟邮政投递员杨建华

彭端祥

青山踏遍难为景，忙送千家万里春。
十载风尘星月璨，心香一瓣献苗亲。

赞大山邮差杨建华

周桃香

背包踏雪步匆匆，送罢朝霞送晚钟。
不误佳期长守信，山村四季有飞鸿。

卜算子·赞邮递员杨建华

张竹青

涉水又爬山，霜雪焉能阻。邮件安全送万家，甘踏艰辛路。

公益热心肠，自把高标树。搭建平台助产销，一片丹心许。

赞投递员杨建华

石士民

男儿双脚丈青山，心系千家万户欢。
绿色邮包装使命，风风雨雨一肩担。

赞“五星投递员”杨建华

陈联群

绿衣使者去何方？百里崇山偏远乡。
重袋轻包都是爱，东家笑别又西庄。

赞绿色信使杨建华

付　珍

翻越千山织彩霞，乘风驾雨脸堆花。
浓浓绿意初心守，乐把春光送万家。

李淑春：新时代的清道夫

李淑春，1971年2月生，湖南株洲人，初中学历，1995年参加工作，2013年开始，任天元区环卫处天台路清扫班班长，在环卫一线一干就是20年，把最美的青春年华献给了环卫事业。工作20年来，以岗为家，甚至连每年除夕都没有一次在家吃过团圆饭，用诚挚的热情和辛勤的汗水赢得了社会的尊重。2004、2005、2006、2012年被评为天元区“城市管理先进个人”，2020年获“湖南省劳动模范”称号。

采访环卫劳模李淑春班长有感

侯李平

漫听莺声过柳丛，花香拂面醉葱茏。
车移月影开晨雾，汗洗尘埃落晚虹。
卧井淘池心地阔，浇泉护叶画情融。
穿街绕巷皆惟美，笑待君来沐惠风。

行香子·题劳模环卫工李淑春

孙晓廷

俯仰无声，伸屈无妨。正除夕仍自匆忙。岁除污垢，帚扫沧桑。尽侍晨昏、承冷暖、抚炎凉。

鸡鸣幽径，人归陋巷。喜新城已焕容光。街添锦绣，市扮花装。许一生情、一腔爱、一头霜。

赞李淑春劳模

伍三平

也曾貌美似春花，扫叶除尘度岁华。
历暑经寒灯作伴，迎霜向晚岗为家。
一身泥土远妆镜，满脸沧桑笑落霞。
纵使天公云色乱，但凭双手景弥佳。

曾宪国：最美乡村医生

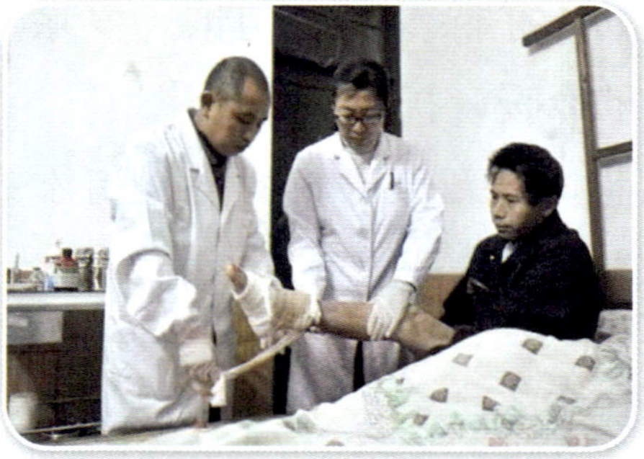

曾宪国，1973年11月生，湖南省永兴县黄泥乡东泽村医生。2013年1月，在“寻找最美乡村医生”大型公益活动中被推选为“特别关注乡村医生”。25年来，累计接诊患者16万人次，救治蛇伤患者3210例，为贫困患者减免医药费和公益捐款捐物达90多万元。2020年被评为“全国劳动模范”。

南乡子·赞蛇医曾宪国

邹学锋

医技见真功，救治三千化险凶。长念乡邻情与梦，融融。巧灭蛇毒百草通。

仁爱撼苍穹，济弱扶贫蕴赤衷。半百悬壶心向善，崇崇。妙手回春叹杰雄。

临江仙·咏农民蛇医曾宪国

王明喜

急步惊飞山宿鸟，只因生死攸关。老乡莫急且心宽。清除蛇毒液，又保命生还。

昼夜常思蛇祸害，怎奢软语花前，药箱为伴守家园。行医年半百，救治逾三千。

李再清：呼吸内科好专家

李再清，1969年10月生，湖南邵东人，邵阳市中心医院呼吸科主任，呼吸内科主任医师。获多项国家发明专利和实用专利，对慢性阻塞性肺疾病、肺心病、呼吸衰竭和支气管哮喘的综合救治形成了自己的诊治特长。2011年“全国五一劳动奖章”获得者，2015年获“全国先进工作者”荣誉称号。

踏莎行·赞劳模李再清

彭玉梅

宝庆名医，健康知友，悬壶济世勋章授。回春医术力求精，德高义重仁心厚。

病毒流行，敢于坚守，忘餐废寝离家偶。逆行只为护生民，情倾事业精神抖。

关河令·赞李再清医生

钟九胜

仁心修就回春力，济世何知累。再造人生，凭君驱病魅。

又得清风入肺，待细品、凡尘百味。咫尺阴阳，深恩唯永记。

何永康：血吸虫病大克星

何永康，1953年9月生，湖南临湘人。就职于湘岳医院，三级主任技师。曾任湖南省血吸虫病防治所流行病学研究室副主任、免疫诊断研究研究室主任、学术委员会主任，湘岳医院学术委员会主任委员、《湖南血防通讯》编辑部主任。主要从事血吸虫病免疫与免疫诊断研究，先后承担JRMC、科技部、卫生部总理基金重大专项、湖南省自然科学基金、湖南省科技厅和卫生厅等结构资助科研课题22项。在国内外公开发表科技论文68篇，获得湖南省科技进步奖二等奖1项、三等奖5项。获“湖南省先进工作者”称号。

赞劳模血防人何永康教授

邓　进

不负韶光妙术精，施针救疾慰平生。
高功载在血防史，筑起丰碑百世倾。

【南南吕·一剪梅】赞血防劳模何永康教授

周淑媛

湘岳医生何老哥，先进多多，事迹多多。一支散曲赞劳模，医德高歌，医技高歌。　（前腔）编册指导灭疫螺，学识渊博，理论渊博。夕阳灿照洞庭河，湖畔青荷，湖水清波。

杨尚真：脉象“分析师”

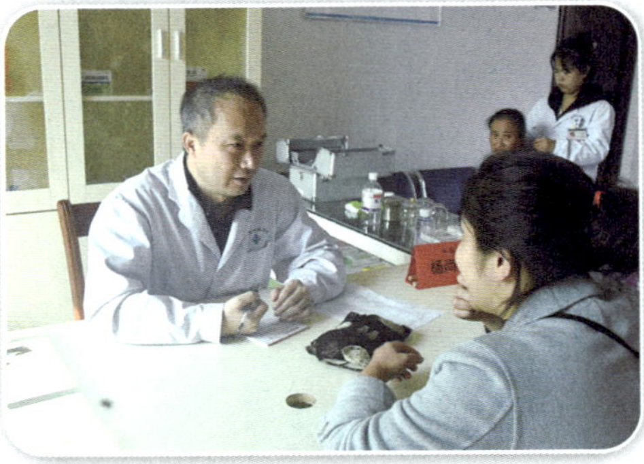

杨尚真，1966年5月生，湖南新晃人，侗族，现任湖南省怀化市中医院党委副书记、副院长、国医堂主任，副主任医师。在博大精深的中医理论中形成了自己的独到见解，诊脉成了他的拿手好戏，在业界被誉为脉象“分析师”。曾获得“全国五一劳动奖章”“湖南省先进工作者”等荣誉称号。当选第十三届全国人民代表大会代表。

先进工作者中医院杨尚真

梁　香

心尚橘泉香，真情济世长。
杏林谁独秀，化作一株杨。

题杨尚真

易延凤

救死扶伤一线巡，望闻问切卅余春。
临床诊疗谁高手？百姓首推杨尚真。

题中医专家杨尚真

南　冰

岐黄事业独心倾，独秀杏林春满盈。
漫道关情矜此地，斯民六疾问先生。

胡　欣：江永女书传人

胡欣，1987年3月生，湖南江永人，中专学历，女书传人，上海世博会湖南活动周期间，胡欣专门创作了长达127米的女书长卷，收录100首民俗歌谣和100首唐诗，累计女书26000多字和女书插画“八角图”50多个，让女书迈入了国际视野。2011年6月，胡欣受邀参加湖北卫视举办的端午晚会；2012年，赴台湾参加两岸非物质文化遗产文化交流活动；2013年，担任著名音乐家谭盾《女书》交响乐、微电影史诗女主角；2015年10月，赴日本参加“第69届国际编码大会”；2016年4月，赴瑞士、法国参加“第七届联合国中文日”。当选中国妇女第十一次全国代表大会代表、湖南省第十二届人民代表大会代表。2009年9月，被聘为江永女书形象大使，2010年10月，被授予“女书传人”称号，2015年被评为“全国劳动模范”。

赞胡欣

彭彦辉

浦美寻游巧遇君，女书园里日耕耘。
当年为我来题字，今日芳名四海闻。

临江仙·赞女书传人胡欣

黄春芳

七届中文赴会，女书独展芳华。点弧遒劲世人夸。秀文藏秘密，千岁散烟霞。

多少闺房故事，描成长卷云纱。培桃传唱誉千家。声声衔日月，翰苑一枝花。

【黄钟·人月圆】女书传人胡欣

盘继培

线条神美长菱倩，柳叶玉婷婷。民俗民节，蚊形雅致，璀璨如晶。（幺篇）非遗瑰宝，构图飘逸，女性心灵。情怀元素，温柔故事，心手传承。

赞女书传人胡欣

秦解轩

江永深闺出女儒，兰枝柳叶竖斜弧。
当年亮相中文日，喜报神州景色姝。

粟田梅：中国织锦工艺大师

粟田梅，1964年8月生，侗族，通道侗族自治县牙屯堡镇文坡村党支部书记。国家级非物质文化遗产项目侗锦织造技艺代表性传承人，突破传统织造方法，从横向编织一种图案，发展到横向和纵向交织。在侗锦中创造性地加入亚麻、纯棉等时尚元素，设计出箱包、床单等日常用品。获得过“国家级非物质文化遗产侗锦织造技艺代表性传承人”“中国织锦工艺大师”“湖南省劳动模范”“湖南省十佳巾帼建功标兵”“全国三八红旗手”荣誉称号。2020年被评为“全国劳动模范”。当选中国共产党第十九次全国代表大会代表。

赞侗锦传承人粟田梅

谢卫民

彩素丝交独有形，锦花开自巧心灵。
雄关坊里机声闹，编织牙屯致富经。

赞全国劳模侗锦传人粟田梅

陈旦培

方方侗锦出文坡，装点江山寄意多。
蝴蝶纷纷迷幻影，梅花朵朵讶晴和。
夷人奉以为尤物，越女衣之羡道婆。
七彩霓虹谁织出，芙蓉国里一劳模。

肖笑波：祁剧获得梅花奖

肖笑波，1983年11月生，湖南新邵人。湖南省祁剧保护传承中心主任、湖南省祁剧演艺有限责任公司副经理，国家一级演员。主要作品有《目连救母》《梦蝶》《断桥》等。2011年获第三届中国戏曲奖梅花表演奖。现任湖南省文联兼职副主席，湖南省戏剧家协会副主席，2020年被评为“全国劳动模范”。

赞祁剧之花肖笑波

谢卫民

情衷祁剧作生涯，寂寞歌台付岁华。
几曲圆融如凤啭，一身清丽胜梅花。
昆弹激越传南北，颦笑嫣然动迩遐。
梦蝶目连兼火种，非遗戏送万千家。

赞梅花奖得主肖笑波

傅翠兰

皎皎梨园一朵梅，香浮花艳影徘徊。
情沉梦蝶惊心魄，艺展目莲成首魁。
三百祁腔华夏播，无涯芳苑巧云裁。
笑波流盼春光满，戏曲人生勿用猜。

黄　笛：湘绣遨游太空

黄笛，1969年11月生，湖南长沙人，中共党员。现任湖南金球湘绣有限公司艺术总监、湖南省当代湘绣艺术研究院院长，高级工艺美术师。从事湘绣设计和研发工作30多年，作品曾搭乘“神六”“神十”遨游太空，并多次荣获国际、国家级设计大奖，巨幅湘绣珍品《超级杂交水稻之父袁隆平》永久性珍藏于国家杂交水稻技术研究中心。她创造性地将电脑设计与喷绘技术应用于湘绣领域，改变了湘绣千百年来单纯依靠手工绘稿的格局，大大提高了生产力；独创的“蝉翼绣”的刺绣方法，获国家发明专利，与之配套的湘绣框架获实用新型专利。先后获得“中国工美行业艺术大师”“湖南省工艺美术大师”“大国非遗工匠”“国家非物质文化遗产湘绣代表性传承人”“湖南省技术能手”“湖南省三八红旗手”“长沙市技能大师”等荣誉称号。2020年获评“湖南省劳动模范”。

赞湘绣大师黄笛

彭崇谷

奇思巧手绣千科，蝉翼通明妙景和。
圆了毛公昔日梦，巡天遥看一千河。

【注】第三、四句指毛泽东当年提出“可上九天揽月”。2015年12月5日，黄笛设计制作的湘绣珍品《伟人毛泽东》载于“神六”升天，毛泽东实现了飞天梦。

当代湘绣工艺美术师黄笛

罗建平

何方降下美娇娘，一片丹忱染绣庄。
五彩纤丝蝉翼舞，花针追梦水云乡。

赞湘绣非遗工匠黄笛

肖昆明

技艺传承情意丰，芙蓉巾帼两绯红。
彩丝织就中华梦，湘绣神游上太空。

【注】黄笛湘绣作品搭乘“神六”“神十”遨游太空。

【正宫·塞鸿秋】赞绣女工匠黄笛

唐利荣

心灵手巧飞针线，山清水秀图中见。千红万紫鲜花绚，一心一意圆心愿。粗摩未识清，细赏难分辨，真金烈火来锤炼。

记大国工匠黄笛

姚伟杰

唯恋红装湘女裁，芳菲鱼鸟绕屏来。
刺醒丹青忆艳事，纤柔万缕百花开。

杨松志：錾刻能手

杨松志，1988年7月生，白族，云南鹤庆人，湖南福银新能源科技有限公司工艺指导师。出身于银匠世家，其錾刻手法独树一帜，有鲜明的个人风格。2019年郴州市银制品制作工职业技能竞赛获一等奖，其徒弟们也斩获二等奖一名，三等奖二名的好成绩。2020年荣获“郴州市五一劳动奖章”，2021年荣获湖南工艺美术“红枫奖”主题作品大赛金奖，并获中国白银产业年度“风尚匠人”奖，2022年获“全国五一劳动奖章”。

咏农民工匠杨松志

何天鸽

錾刻风格独易帜，创新创业闯殊途。
苦寒工匠农耕手，锤子镰刀绘锦书。

浣溪沙·银匠杨松志

欧阳烈

錾錾刀刀镂刻铭，千锤万打器方成。虫鱼鸟兽栩如生。

片片匠心同火锻，丝丝情感共金鸣。银都风尚美名萦。

胡　杨：沅州石雕大师

胡杨，1979年8月生，湖南芷江人，侗族。湖南省工艺美术大师，湖南省雕塑技艺大师，国家级非物质文化遗产沅州石雕（明山石雕）省级代表性传承人。至今他的作品已获得几十项国内外大奖，2009年首次为沅州石雕行业获得国家级银奖，2010、2016年其先后2次获得联合国教科文组织杰出手工艺品徽章认证。2022年被授予“全国五一劳动奖章”和“湖南省劳动模范”称号。

题沅州石雕（明山砚）传承人胡杨

张少华

风骨峥嵘恰姓名，三千年里蘸坚贞。
刻刀一把玲珑透，点化冥顽石动情。

赞雕塑技艺大师胡杨

罗　翎

人言手巧善精雕，谁晓胡杨品更高。
带领乡民同致富，千年侗寨涌春潮。

沅州石雕传习基地艺术总监胡杨

梁　香

手巧构思优，顽石入上流。
神工心有愧，不敢到沅州。

付业林：篾丝编活老手

付业林，1964年8月生，湖南永顺人，土家族，湘西万坪竹编工艺品厂员工。2015年6月，湘西永顺县第七批“竹编技艺”代表性传承人。2016年11月，荣获“指尖上的湘西”民族文化创意大赛“竹编”职工组二等奖。2018年获“湖南省五一劳动奖章”，2021年获“全国五一劳动奖章”。

赞竹编技艺传承人付业林

罗廷孝

德艺双收志不更，乡亲致富领头兵。
玲珑竹器时人爱，造化功夫举世惊。
巧手编圆家国梦，丹心织尽古今情。
篾刀劈出康庄道，跃马春风锦绣程。

赞竹编艺人付业林

罗廷初

艺高胆壮剥青龙，篾走千条大道通。
辛苦传承兴一业，勤劳换得运昌隆。

竹艺工匠付业林

田油然

湘西竹艺出奇新，精致玲珑耀国门。
独具匠心编富路，帮贫扶困带乡邻。

李忠国：油纸伞传承人

李忠国，1965年9月生，湖南浏阳人，浏阳市达浒镇椒花新村村民。祖传三代制作“花纸伞”，被驻村帮扶工作队认为是一个可以开发的项目，支持做成产业，带领其他贫困户共同发展。通过互联网+等，在阿里巴巴网站开设网店，让传统油纸伞“老树”发“新芽”，经由浙江义乌远销至韩国、日本及东南亚国家。李忠国也被长沙市认定为非物质文化遗产项目浏阳油纸伞制作工艺市级代表性传承人。2019年获“湖南省百名最美扶贫人物”称号，2020年获“全国脱贫攻坚奋进奖”。

油纸伞非遗传承人李忠国

易庆安

久凭伞艺靓商圈，晴雨撑开一片天。
风播椒花千岭秀，喜人消息已频传。

题油纸伞非遗传承劳模

王振远

达浒人家期澍霖，脱贫无忘众乡音。
穷根拔去时方好，富路登来步未沉。
三代传承缘老手，一堂渲染慧童心。
伞花开向春风里，拂起春风海外吟。

题非遗传承劳模李忠国

何　漂

纸伞新编致富经，传承技艺未曾停。
行行皆有精英在，工匠星辉照汗青。

袁谋文：如磐初心映美景

袁谋文，1973年生，土家族，张家界武陵源风景名胜区和国家森林公园管理局门票管理中心吴家峪经营部部长，技师。2017年荣获“全国三八红旗手”称号，2018年荣获“全国五一劳动奖章”，2020年获评“全国劳动模范”。当选中国共产党湖南省第十次、第十二次代表大会代表。

赞“微笑使者”袁谋文

谢卫民

笑脸相迎最可亲，武陵游客踏和春。
心灵更比风光美，醉了南来北往人。

西江月·全国劳模袁谋文

文　雯

林壑浓峦青翠，泾溪秀色斑斓。景观第一是安全，服务灵机应变。

情系初衷不改，心同游客相连。平凡岗位著雄篇，赢得人人称赞。

作者索引(按姓氏笔画排序)

后 记

劳动是人类生存发展的主要行为和社会文明进化的基础支撑。习近平总书记特别礼赞劳动创造，指出“劳动最光荣、劳动最崇高、劳动最伟大、劳动最美丽”；多次褒奖劳动模范和大国工匠，称赞“劳动模范是民族的精英、人民的楷模，是共和国的功臣”，“爱岗敬业、争创一流，艰苦奋斗、勇于创新，淡泊名利、甘于奉献”的劳模精神是伟大时代精神的生动体现和宝贵财富。

当前，我国已进入新发展阶段，要推动经济社会高质量发展，全面推进中华民族伟大复兴，全面建成社会主义现代化强国，必须大力传承和弘扬劳模精神、劳动精神、工匠精神，推动在全社会形成劳动光荣、技能宝贵、创造伟大的时代风尚，引领亿万职工群众在高质量发展中建功立业，汇聚全面推进强国建设、民族复兴伟业的磅礴力量。

湖南各地的考古发现不断证明，湖南历史文化辉煌灿烂，对世界文明发展产生过重大积极影响，这是湖湘儿女崇尚劳动、热爱劳动的生动体现，浸透着湖湘儿女辛勤劳动的汗水。当代湖湘劳模、工匠传扬先祖经世致用、敢为人先、至善至美、不懈追求的湖湘精神，为国家创造了辉煌成就，为大众奉献了足令业界仰视的优异产品，谱写了湖湘劳模、工匠的灿烂华章。

为表彰当代湖湘劳模精神，泽今启来，2023年，湖南省职工文化体育协会和湖南省诗词协会联合举办了以“弘扬工匠精神，讴歌劳动之美”为主题的诗词创作活动。活动历时半年，于年底结束，共收到吟咏劳模工匠的诗词作品2000余首，经编委会审定，从中遴选460余首汇编成《诗咏劳模》一书。

本次诗词作品的征集、编辑、出版，得到了中共湖南省委宣传部、湖南省总工会、湖南省文学艺术界联合会、湘潭大学出版社，以及相关劳模工匠所在单位、湖南各市州总工会、市州诗词组织等的鼎力支持，王振远、李寒秋、刘经平、朱世平、黄东亮、黄伍林、袁延生、秦友成、李红梅、汪莹、孙婷等给予了积极襄助，在此一并致以衷心感谢！

需要说明的是，书中有的劳模只收录两首诗词作品，而有的又有多首，主要是由于作品数量、劳模工匠影响以及作者的自主选择，本书编排顺序也无主次之分，更无厚薄之虑。另外，有的劳模工匠照片不易搜集而未能配发，对此深表遗憾和歉意。

本书在编写中，从网络上搜集了部分劳模的图片资料，因头绪众多，有些图片在使用时未能联系到相关著作权人，敬请谅解。请相关著作权人与本书编委会联系（电话0731-84437215），并提供可靠的证明材料，编委会将根据法律规定合理支付报酬。

由于时间仓促，书中错误遗漏在所难免，敬请专家学者、诗家词友和广大读者批评指正。

编　者

2024年5月18日

图书在版编目（CIP）数据

诗咏劳模 / 蔡建和主编. -- 湘潭 : 湘潭大学出版社, 2024. 7. -- ISBN 978-7-5687-1450-1
Ⅰ. I227
中国国家版本馆 CIP 数据核字第 2024CB5246 号

诗咏劳模

蔡建和 主编

责任编辑：王正杰
封面设计：李　平
出版发行：湘潭大学出版社
社　　址：湖南省湘潭大学工程训练大楼
电　　话：0731-58298960 0731-58298966（传真）
邮　　编：411105
网　　址：http://press.xtu.edu.cn/
印　　刷：长沙鸿发印务实业有限公司
经　　销：湖南省新华书店
开　　本：710 mm×1000 mm 1/16
印　　张：20.25
字　　数：230 千字
版　　次：2024 年 7 月第 1 版
印　　次：2024 年 7 月第 1 次印刷
书　　号：ISBN 978-7-5687-1450-1
定　　价：98.00 元